Harry Potter
4

Harry Potter and the Chamber of Secrets

ハリー・ポッターと秘密の部屋

J.K.ローリング

松岡佑子＝訳

静山社

For Séan P.F. Harris,
getaway driver and foulweather friend

Original Title: HARRY POTTER AND THE CHAMBER OF SECRETS

First published in Great Britain in 1998
by Bloomsbury Publishing Plc, 50 Bedford Square, London WC1B 3DP

Japanese edition first published in 2000

This book is published in Japan by arrangement with
the author through The Blair Partnership

ハリー・ポッターと秘密の部屋 2-2 目次

ハリー・ポッターと秘密の部屋　2-1　目次

第11章　決闘クラブ

日曜の朝ハリーが目を覚ますと、医務室の中は冬の陽射しで輝いていた。腕の骨は再生していたが、まだ強ばりは取れていなかった。ハリーは急いで起き上がり、コリンのベッドを見た。昨日、ハリーが着替えをしたときと同じように、コリンのベッドもまわりを丈長のカーテンで囲ってあり、外からは見えないようになっていた。ハリーが起き出したのに気づいたマダム・ポンフリーが、朝食を盆に載せてあわただしくやってきて、骨を再生した右手の肘(ひじ)や指の曲げ伸ばしを始めた。

「すべて順調」

オートミールを左手でぎごちなく口に運んでいるハリーに向かって、マダム・ポンフリーが言った。

「食べ終わったら帰ってよろしい」

ハリーは、ぎごちない腕でできるかぎり速く着替えをすませると、グリフィンドール塔へと急いだ。ロンとハーマイオニーに、コリンやドビーのことを話したくてうずうずした。しかし、二人はいなかった。いったいどこに行ったのだろうと考えながらハリーはふたたび外に出たが、骨が生(は)えたかどうか気にもしてくれないのかと、少し傷ついた気持ちになった。

図書室の前を通り過ぎようとすると、パーシー・ウィーズリーが中からふらりと現れた。前回出会ったときより、ずっと機嫌がよさそうだった。

「あぁ、おはよう、ハリー。昨日はすばらしい飛びっぷりだったね。ほんとにすばらしかった。グリフィンドールが寮杯(りょうはい)獲得のトップに躍り出たよ。――君のおかげで五〇点も獲得した！」

「ロンとハーマイオニーを見かけなかった？」とハリーが聞いた。

「いいや、見てない」パーシーの笑顔が曇った。「ロンは、まさかまた女子用トイレなんかにいやしないだろうね……」

ハリーはむりに笑い声を上げて見せた。そして、パーシーの姿が見えなくなるとすぐ「嘆きのマートル」のトイレに直行した。ロンとハーマイオニーがなぜまたあそこへ行くのか、わけがわからなかったけれど――。とにかくフィルチも監督生(かんとくせい)も、だれもまわりにいないことを確かめてトイレのドアを開けると、内鍵をかけた小部屋の一つから二人の声が聞こえてきた。

「僕だよ」

ドアを後ろ手に閉めながらハリーが声をかけた。小部屋の中からゴツン、パシャ、ハッと息を呑む声などがしたかと思うと、ハーマイオニーの片目が鍵穴からこちらを覗いた。

「ハリー！　ああ、驚かさないでよ。入って──腕はどう？」

「大丈夫」

ハリーは狭い小部屋にむりやり入り込みながら答えた。古い大鍋が便座の上にちょこんと置かれ、パチパチ音がするので、鍋の下で火を焚いていることがわかる。防水性の持ち運びできる火を焚く呪文は、ハーマイオニーの十八番だった。

「見舞いに行くべきだったんだけど、先にポリジュース薬に取りかかろうって決めたんだ」

ハリーがぎゅう詰めの小部屋の内鍵をなんとかかけ直したとき、ロンが説明した。

「ここが薬を隠すのに一番安全な場所だと思って」

ハリーはコリンの件を二人に話しはじめたが、ハーマイオニーがそれを遮った。

「もう知ってるわ。マクゴナガル先生が今朝、フリットウィック先生に話してるのを聞いちゃったの。だから私たち、すぐに始めなきゃって思ったのよ――」

「マルフォイに吐かせるのは早いほどいい」ロンがうなるように言った。「僕がなにを考えてるか言おうか？　マルフォイのやつ、クィディッチの試合のあと、気分最低で、腹いせにコリンをやったんだと思うな」

「もう一つ話があるんだ」

ハーマイオニーがニワヤナギの束をちぎっては、煎じ薬の中に投げ入れているのを眺めながら、ハリーが言った。

「夜中にドビーが僕のところにきたんだ」

ロンとハーマイオニーが驚いたように顔を上げた。ハリーはドビーの話したこと――というより話してくれなかったこと――を全部二人に話して聞かせた。ロンもハーマイオニーも口をポカンと開けたまま聞いていた。

「『秘密の部屋』は以前にも開けられたことがあるの？」ハーマイオニーが聞いた。

「これで決まったな」ロンが意気揚々と言った。「ルシウス・マルフォイが学生だったときに『部屋』を開けたにちがいない。今度は我らが親愛なるドラコに開け方を教えたんだ。まちがいない。それにしても、どんな怪物がいるのか、ドビーが教えてくれてたらよかったのにな。そんな怪物が学校のまわりをうろうろしてるのに、どうしていままでだれも気づかなかったんだろう。それが知りたいよ」

「それ、きっと透明になれるのよ」ヒルを突ついて大鍋(おおなべ)の底に沈めながらハーマイオニーが言った。「でなきゃ、なにかに変装してるわね——鎧(よろい)とかなんかに。『カメレオンお化け』の話、読んだことあるわ……」

「ハーマイオニー、君、本の読みすぎだよ」

ロンがヒルの上から死んだクサカゲロウを、袋ごと鍋にあけながら言った。空になった袋をくしゃくしゃに丸めながら、ロンはハリーを振り返った。

「それじゃ、ドビーが僕たちの邪魔をして汽車に乗れなくしたり、君の腕をへし折ったりしたのか……」

ロンは困ったもんだ、というふうに首を振りながら言った。

「ねえ、ハリー、わかるかい？ドビーが君の命を救おうとするのをやめさせないと、結局、君を死なせてしまうよ」

コリン・クリービーが襲われ、いまは医務室に死んだように横たわっているというニュースは、月曜の朝には学校中に広まっていた。疑心暗鬼が黒雲のように広がった。一年生はしっかり塊となって城の中を移動するようになり、一人で勝手に動けば襲われると怖がっているようだった。

ジニー・ウィーズリーは、「妖精の呪文」の授業でコリンと隣り合わせの席だったので、すっかり落ち込んでいた。フレッドとジョージが励まそうとしていたが、二人のやり方では逆効果だとハリーは思った。双子は毛を生やしたり、おできだらけになったりして、銅像の陰から代わるがわるジニーの前に飛び出したのだ。パーシーがカンカンに怒って、ジニーが悪夢にうなされているとママに手紙を書くぞと脅し、やっと二人をやめさせた。

やがて、先生に隠れて、魔除け、お守りなど護身用グッズの取引が校内で爆発的に流行り出した。ネビル・ロングボトムは悪臭のする大きな青たまねぎ、尖った紫の水晶、腐ったイモリの尻尾を買い込んだ。買ってしまったあとで、他のグリフィンドール生から、君は純血なのだから襲われるはずはないと指摘されていた。

「だって最初にフィルチが狙われたもの」丸顔に恐怖を浮かべてネビルが言った。

「それに、僕がスクイブだってこと、みんな知ってるんだもの」

十二月の第二週目に例年のとおり、マクゴナガル先生がクリスマス休暇の間学校に残る生徒の名前を調べにきた。ハリー、ロン、ハーマイオニーの三人は名前を書いた。マルフォイも残ると聞いて、三人はますます怪しいと睨んだ。休暇中なら、ポリジュース薬を使って、マルフォイをうまく白状させる絶好のチャンスだ。

残念ながら、煎じ薬はまだ半分しかでき上がっていない。あと必要なのは、二角獣の角と毒ツルヘビの皮だった。それを手に入れることができるのは、ただ一か所、スネイプ個人の薬棚しかない。ハリー自身は、スネイプの研究室に盗みに入って捕まるより、伝説のスリザリンの怪物と対決するほうがまだましだと思えた。

「必要なのは――」木曜日の午後の、スリザリンと合同の「魔法薬」の授業がだんだん近づいてきたある日、ハーマイオニーがきびきびと言った。

「気を逸らすことよ。そして、私たちのうちだれか一人がスネイプの研究室に忍び込み、必要なものをいただくの」

ハリーとロンは、不安げにハーマイオニーを見た。

「私が実行犯になるのがいいと思うの」ハーマイオニーは、平然と続けた。

「あなたたち二人は、今度事を起こしたら退校処分でしょ。私なら前科がないし。だから、あなたたちはひと騒ぎ起こして、ほんの五分ほどスネイプを足止めしておいてくれればそれでいいの」

ハリーは力なくほほえんだ。スネイプの「魔法薬」授業で騒ぎを起こすなんて、それで無事ですむなら眠れるドラゴンの目を突ついても無事にちがいない。

「魔法薬」の授業は大地下牢の一つで行われた。授業は、いつもと変わらず進行した。大鍋が二十個、机と机の間で湯気を立て、机の上には真鍮の秤と材料の入った広口瓶が置いてある。スネイプは煙の中を歩き回り、グリフィンドール生の作業に意地の悪い批評をし、スリザリン生はそれを聞いて〝ざまぁみろ〟と嘲笑った。スネイプのお気に入りのドラコ・マルフォイは、ロンとハリーとにフグの目玉を投げつけていた。それに仕返しをしようものなら、「不公平です」と抗議する隙も与えず二人とも処罰を受けることを、ドラコは知っているのだ。

ハリーの「膨れ薬」は水っぽすぎたが、頭はもっと重要なことでいっぱいだった。ハーマイオニーの合図を待っていたのだ。スネイプが立ち止まって薬が薄すぎると嘲るのも、ほとんど耳に入らなかった。ハリーに背を向け、スネイプがネビルをいびりに行ったのを機に、ハーマイオニーがハリーの視線をとらえてこくりと合図した。

ハリーはすばやく大鍋の陰に身を隠し、ポケットからフレッドの「フィリバスターの長々花火」を取り出して、杖でちょいと突ついた。花火はシュウシュウ、パチパチ音を立てはじめた。あと数秒しかない。ハリーはすっと立ち上がり、狙い定めて花火をポーンと高く放り投げた。まさに命中。花火はゴイルの大鍋にポトリと落ちた。

ゴイルの薬が爆発し、クラス中に雨のように降り注いだ。「膨れ薬」の飛沫（ひまつ）がかかった生徒たちが悲鳴を上げた。マルフォイは、顔一杯に薬を浴びて、鼻が風船のようにふくれはじめている。ゴイルは、大皿のように大きくなった目を両手で覆いながら右往左往していた。スネイプは騒ぎをしずめ、原因を突き止めようとしている。どさくさにまぎれてハーマイオニーがこっそり教室を抜け出すのを、ハリーは見届けた。

「静まれ！　静まらんか！」スネイプがどなった。「薬を浴びた者は『ぺしゃんこ薬』をやるからここへこい。だれの仕業か判明した暁（あかつき）には……」

マルフォイが急いで進み出た。鼻が小さいメロンほどにふくれ、その重みで頭を垂れているのを見て、ハリーは笑いをこらえるのに必死だった。クラスの半分は、ドシンドシンとスネイプの机の前に重い体を運んだ。棍棒（こんぼう）のようになった腕を、だらりとぶら下げている者、唇が巨大にふくれ上がって口をきくこともできない者。そんな中でハリーは、ハーマイオニーがするりと地下牢教室にもどってきたのを見た。ローブの前が盛り上がっている。

みなが解毒剤を飲み、いろいろな「膨れ」が収まったあと、スネイプはゴイルの大鍋の底を浚い、黒焦げの縮れた花火の燃えかすをすくい上げた。急に教室がしんとなった。

「これを投げ入れた者がだれかわかった暁には」スネイプが低い声で言った。「我輩が、まちがいなくそやつを退学にしてやる」

ハリーは、いったいだれがやったんだろうという表情――どうぞそう見えますように――を取り繕った。スネイプがハリーの顔をまっすぐに見据えていた。それから十分後に鳴った終業ベルが、どんなにありがたかったか知れない。

三人で急ぎ「嘆きのマートル」のトイレにもどる途中、ハリーは二人に話しかけた。

「スネイプは僕がやったってわかってるよ。ばれてるよ」

ハーマイオニーは、大鍋に新しい材料を放り込み、夢中でかき混ぜはじめた。

「あと二週間でできるわよ」とうれしそうに言った。

「スネイプは君がやったって証明できやしない。あいつにいったいなにができる?」

ロンがハリーを安心させるように声をかけた。

「でも、相手はスネイプだもの――なにか臭うよ」

ハリーがそう言ったとき、煎(せん)じ薬がブクブクと泡立った。

それから一週間後、ハリー、ロン、ハーマイオニーが玄関ホールを歩いていると、掲示板の前にちょっとした人だかりができていて、貼り出されたばかりの羊皮紙(ようひし)を読んでいた。シェーマス・フィネガンとディーン・トーマスが、興奮した顔で三人を手招きした。

「『決闘クラブ』を始めるんだって！」シェーマスが言った。

「今夜が第一回目だ。決闘の練習なら悪くないな。近々役に立つかも……」

「え？　君、スリザリンの怪物が、決闘なんかできると思ってるの？」

そう言いながらも、ロンも興味津々で掲示を読んだ。

「役に立つかもね」三人で夕食に向かう途中、ロンがハリーとハーマイオニーに話しかけた。

「僕たちも行こうか？」

ハリーもハーマイオニーも大乗り気となり、その晩八時に三人は、ふたたび大広間へと急いだ。食事用の長いテーブルは取りはらわれ、一方の壁に沿って金色の舞台が出現していた。何千本もの蠟燭が宙を漂い、舞台を照らしている。天井は、何度も見慣れたビロードのような黒。その下には、おのおの杖を持ち興奮した面持ちの、ほとんど学校中の生徒が集まっているようだった。

「いったいだれが教えるのかしら?」自分たちの話に夢中な生徒たちの群れの中に割り込みながら、ハーマイオニーが言った。

「だれかが言ってたけど、フリットウィック先生って、若いとき、決闘チャンピオンだったんですって。たぶん彼だわ」

「だれだっていいよ。あいつでなければ……」

とハリーが言いかけたが、後半からはうめき声となった。ギルデロイ・ロックハートが舞台に登場したのだ。きらびやかに深紫のローブをまとい、後ろにだれあろう、いつもの黒装束のセブルス・スネイプを従えている。

ロックハートは観衆に手を振り、「静粛に」と呼びかけた。

「みなさん、集まって。さあ、集まって。みなさん、私がよく見えますか? 私の声が聞こえますか? 結構、結構!」

「ダンブルドア校長先生から、私がこの小さな『決闘クラブ』を始めるお許しをいただきました。私自身が数え切れないほど経験してきたように、自らを護る必要が生じた万一の場合に備えて、みなさんをしっかり鍛え上げるためにです。――詳しくは、私の著書を読んでください」

「では、助手のスネイプ先生をご紹介しましょう」

ロックハートは満面の笑みを振りまいた。

「スネイプ先生がおっしゃるには、決闘についてはごくわずかをご存知らしい。訓練を始めるにあたり、短い模範演技を、勇敢にも手伝ってくださるというご了承をいただきました。さてさて、お若いみなさんにご心配をおかけしたくはありません。――私が彼と手合わせしたあとでも、みなさんの『魔法薬』の先生は、ちゃんと存在します。ご心配めさるな！」

「相討ちで、どっちもやられちまえばいいと思わないか？」ロンがハリーの耳にささやいた。

スネイプの上唇がめくれ上がっていた。ロックハートはよく笑っていられるな、とハリーは思った。――あんな表情でスネイプから見つめられたら、僕なら回れ右して全速力で逃げるけど――。

ロックハートとスネイプは向き合って一礼した。ロックハートのほうは、腕を振り上げ、くねくね回しながら体の前に持ってきて、大げさな礼をした。一方のスネイプは、不機嫌にぐいと頭を下げただけだった。それから二人とも杖を剣のように前に突き出して構えた。

「ご覧のように、私たちは作法に従って杖を構えています」

ロックハートはしんとした観衆に向かって説明した。

「三つ数えて、最初の術をかけます。もちろん、どちらも相手を殺すつもりはありません」

「僕にはそうは思えないけど」スネイプが歯をむき出しているのを見て、ハリーがつぶやいた。

「一――二――三――」

二人とも杖を肩より高く振り上げた。スネイプがさけんだ。

「エクスペリアームス！　武器よ去れ！」

目もくらむような紅の閃光が走ったかと思うと、ロックハートは舞台から吹き飛んで後ろ向きに宙を飛び、壁に激突したあと壁伝いにズルズルと滑り落ちて、床にぶざまに大の字になった。

マルフォイや数人のスリザリン生が歓声を上げた。ハーマイオニーは爪先立ちでピョンピョン跳ねながら顔を手で覆い、指の間から「先生、大丈夫かしら？」と悲痛な声を上げた。

「知るもんか！」ハリーとロンが声を揃えて答えた。

ロックハートはふらふらと立ち上がった。帽子は吹き飛び、カールした髪が逆立っていた。

「さあ、みんなわかったでしょうね！」よろめきながら壇上にもどったロックハートが言った。「あれが、『武装解除の術』です。――ご覧のとおり、私は杖を失ったわけです。――あぁミス・ブラウン、ありがとう。スネイプ先生、たしかに生徒にあの術を見せようとしたのは、すばらしいお考えです。しかし、遠慮なく一言申し上げれば、先生がなにをなさろうとしたかが、あまりにも見え透いていましたね。それを止めようと思えば、いとも簡単だったでしょう。しかし、生徒に見せたほうが、教育的によいと思いましてね……」

スネイプは殺気だっていた。ロックハートもそれに気づいたらしく、こう言った。

「模範演技はこれで十分！　これからみなさんのところへ降りていって、二人ずつ組にします。スネイプ先生、お手伝い願えますか……」

二人は生徒の群れに入り、二人ずつ組ませた。ロックハートは、ネビルとジャスティン・フィンチ‐フレッチリーとを組ませた。スネイプは、最初にハリーとロンのところにやってきた。

「どうやら、名コンビもお別れのときがきたようだな」

スネイプが薄笑いを浮かべた。

「ウィーズリー、君はフィネガンと組みたまえ。ポッターは――」

ハリーは思わずハーマイオニーのほうに寄っていった。

「そうはいかん」スネイプは冷笑した。

「マルフォイ君、きたまえ。かの有名なポッターを、君がどうさばくのか拝見しよう。それから、君、ミス・グレンジャー――君はミス・ブルストロードと組みたまえ」

マルフォイはニヤニヤしながら気取ってやってきた。その後ろを歩いてくる女子スリザリン生を見て、ハリーは『鬼婆とのオツな休暇』にあった挿絵を思い出した。大柄で四角張っていて、がっちりした顎が戦闘的に突き出ている。ハーマイオニーはかすかに会釈したが、向こうはそれを返さなかった。

「相手と向き合って! そして礼!」

壇上にもどったロックハートが号令をかけた。

ハリーとマルフォイは、互いに目を逸らさず、わずかに頭を傾げただけだった。

「杖を構えて！」ロックハートが声を張り上げた。「私が三つ数えたら、相手の武器を取り上げる術をかけなさい。――武器を取り上げるだけですよ――みなさんが事故を起こすのはいやですからね。では、一――二――三――」

ハリーは杖を肩の上に振り上げた。しかしマルフォイは、「二」ですでに術を始めていた。呪文は強烈に効いて、ハリーはまるで頭をフライパンでなぐられたような気がした。ハリーはよろけたが、ほかにどこもやられたところはない。間髪を入れず、ハリーは杖をまっすぐにマルフォイに向け、「リクタスセンプラ！　笑い続けよ！」とさけんだ。

銀色の閃光がマルフォイの腹に命中し、マルフォイは体をくの字に曲げて、ゼイゼイと喘いだ。

「武器を取り上げるだけだと言ったのに！」

ロックハートがあわてて、戦闘まっただ中の生徒の頭越しに大声を出した。マルフォイが膝をついて座り込んだ。ハリーがかけたのは「くすぐりの術」で、マルフォイは笑い転げて動くことさえできない。相手が座り込んでいる間に術をかけるのはスポーツマン・シップに反する――そんな気がして、ハリーは一瞬ためらった。これがまちがいだった。息も継げないながらもマルフォイは杖をハリーの膝に向け、声を詰まらせて「タラントアレグラ！　踊れ！」と唱えた。即座にハリーの両足がぴくぴく動き、勝手にクイック・ステップを踏み出した。

「やめなさい！　ストップ！」ロックハートがさけんだところで、スネイプが乗り出した。

「フィニート・インカンターテム！　呪文よ　終われ！」スネイプの呪文に、ハリーの足は踊るのをやめ、マルフォイは笑うのをやめた。そして二人とも、やっと周囲を見ることができた。

緑がかった煙が、あたりに霧のように漂っていた。ネビルもジャスティンもハァハァ言いながら床に横たわり、ロンは蒼白な顔をしたシェーマスを抱きかかえて折れた杖がしでかしたなにかを謝っていた。ハーマイオニーとミリセント・ブルストロードはまだ動いている。ミリセントがハーマイオニーにヘッドロックをかけ、ハーマイオニーは痛みでヒィヒィわめいていた。二人の杖は床に打ち捨てられたままだった。ハリーは飛び込んでミリセントを引き離した。彼女のほうがハリーより、ずっと図体が大きかったので、一筋縄では行かなかった。

「なんと、なんと」ロックハートは生徒の群れの中をすばやく動きながら、決闘の結末を見て回った。

「マクミラン、立ち上がって……。気をつけてゆっくり……、ミス・フォーセット。しっかり押さえていなさい。鼻血はすぐ止まるから。ブート……」

「むしろ、非友好的な術の防ぎ方をお教えするほうがいいようですね」

大広間の真ん中に面くらって突っ立ったまま、ロックハートが言った。ロックハートはスネイプをちらりと見た。スネイプは暗い目をギラッと光らせたかと思うと、ぷいと顔をそむけた。

「さて、だれか進んでモデルになる組はありますか？　――ロングボトムとフィンチ-フレッチリー、どうですか？」

「ロックハート先生、それはまずい」性悪な大コウモリを思わせるスネイプが、さっと進み出た。

「ロングボトムは、簡単きわまりない呪文でさえ惨事を引き起こす。フィンチ-フレッチリーの残骸を、マッチ箱に入れて医務室に運び込むのが落ちでしょうな」

ネビルのピンク色の丸顔がますますピンクになった。

「マルフォイとポッターはどうかね？」スネイプは口元を歪めて笑った。

「それは名案！」

ロックハートは、ハリーとマルフォイに大広間の真ん中にくるよう手招きした。他の生徒たちは下がって二人のために場をあけた。

「さあ、ハリー。ドラコが君に杖を向けたら、こういうふうにしなさい」

ロックハートは自分の杖を振り上げ、なにやら複雑にくねくねさせたあげく、杖を取り落とした。

「おっとっと——私の杖はちょっと張り切りすぎたようですね」

ロックハートが急いで杖を拾い上げるのを、スネイプは嘲るような笑いを浮かべて見ていた。

スネイプはマルフォイに近づいてかがみ込み、その耳に何事かをささやいた。マルフォイも嘲るような笑みを浮かべた。ハリーは不安げにロックハートを見上げた。

「先生、その防衛技とかを、もう一度見せてくださいませんか？」

「怖くなったのか？」

マルフォイは、ロックハートに聞こえないように低い声で言った。

「そっちのことだろう」

ハリーも唇を動かさずに言った。

ロックハートは陽気にハリーの肩をポンとたたき、「ハリー、私がやったようにやるんだよ!」と言った。

「え? 杖を落とすんですか?」

ロックハートは聞いてもいなかった。

「構えて。一――二――三――それ!」と号令がかかった。

マルフォイはすばやく杖を振り上げ、「サーペンソーティア! ヘビ出よ!」と大声を上げた。

マルフォイの杖の先が炸裂した。その先から、長い黒ヘビがニョロニョロと出てきたのを見て、ハリーはぎょっとした。ヘビは二人の間の床にドスンと落ち、鎌首をもたげて攻撃態勢を取った。まわりの生徒は悲鳴を上げ、さーっとあとずさりして、そこだけが広くあいた。

「動くな、ポッター」

スネイプが悠々と言った。ハリーが身動きもできず、怒ったヘビと目を見合わせて立ちすくんでいる光景を、スネイプが楽しんでいるのがはっきりわかる。

「我輩が追いはらってやろう……」

「私におまかせあれ!」ロックハートがさけんだ。ヘビに向かって杖を振り回すと、バーンと大きな音がして、ヘビは消え去るどころか二、三メートルも宙を飛び、ビシャッと大きな音を立ててふたたび床に落ちてきた。挑発され怒り狂ったヘビは、ジャスティン・フィンチ-フレッチリーめがけてシューシューと滑り寄り、もう一度鎌首をもたげ牙をむき出して攻撃の構えを取った。

ハリーはこのとき、なにが自分を駆りたてたのかもわからず、なにかしなければと決心した意識さえなかった。ただ、まるで自分の足にキャスターがついているように体が前に進んだこと、そしてヘビに向かってばかみたいにさけんだことだけはわかっていた。

「手を出すな。去れ！」

すると、不思議なことに――説明のしようがないのだが――ヘビは、まるで庭の水撒き用の太いホースのようにおとなしくなり、床に平たく丸まって従順にハリーを見上げた。ハリーは、恐怖がすうっと体から抜け落ちていくのを感じた。もうヘビはだれも襲わないとわかっていた。だがなぜそれがわかったのかは、ハリーには説明できない。

ハリーはジャスティンを見てにっこりした。ジャスティンからは、きっとほっとした顔か、不思議そうな顔か、あるいは感謝の表情が返ってくるだろうと思っていた。

――まさか、怒った顔、恐怖の表情だとは、思いもよらなかった。

「いったい、なにを悪ふざけしてるんだ？」ジャスティンが食ってかかってきた。ハリーが言葉を返す前に、ジャスティンはくるりと背を向け、怒りを抱えたまま大広間から出ていってしまった。

スネイプが進み出て杖を振ると、ヘビはポッと黒い煙を上げて消え去った。スネイプも、ハリーが思いもよらない鋭く探るような目つきでこちらを見ている。ハリーはその目つきがいやだった。その上、まわり中がヒソヒソとなにやら不吉な話をしていることにハリーはぼんやり気づいていた。そんな中で、だれかが後ろからハリーの袖を引いた。

「さあ、きて」ロンの声だ。「行こう――さあ、きて……」ハリーの耳にささやいた。

ロンが、ハリーをホールの外へと連れ出し、ハーマイオニーも急いでついてきた。三人がドアを通り抜ける際、人垣が割れ、両側にさっと引いた。まるで病気でもうつされるのが怖いとでも言うかのようだった。ハリーにはなにがなんだかさっぱりわからない。ロンもハーマイオニーもなにも説明してはくれなかった。人気のないグリフィンドールの談話室まで延々と引っ張ってきて、ハリーを肱掛椅子に座らせた後に、ロンははじめて口をきいた。

「君はパーセルマウスなんだ。どうして僕たちに話してくれなかったの？」

「僕がなんだって？」

「パーセルマウスだよ！」ロンが繰り返した。「君はヘビと話ができるんだ！」

「そうだよ」ハリーが答えた。「でも、今度で二度目だよ。一度、動物園で偶然、大ニシキヘビをいとこのダドリーにけしかけた。——話せば長いけど——そのヘビが、ブラジルなんか一度も見たことがないって僕に話しかけて、僕が、そんなつもりはなかったのに、そのヘビを逃がしてやったような結果になったんだ。自分が魔法使いだってわかる前だけど……」

「大ニシキヘビが、君に一度もブラジルに行ったことがないって話したの？」ロンが力なく繰り返した。

「それがどうかしたの？　ここにはそんなことできる人、掃いて捨てるほどいるだろうに」

「それが、いないんだ」ロンが言った。「そんな能力はざらには持っていない。ハリー、まずいよ」

「なにがまずいんだい？」ハリーはかなり腹が立ってきた。「みんな、どうかしたんじゃないか？　考えてもみてよ。もし僕が、ジャスティンを襲うなってヘビに言わなけりゃ――」

「へえ。君はそう言ったのかい?」

「どういう意味? 君たちあの場にいたし……僕の言うことを聞いたじゃないか」

「僕、君がパーセルタングを話すのは聞いた。つまり蛇語(へびご)だ」ロンが言った。「君がなにを話したか、ほかの人にはわかりゃしないんだよ。ジャスティンがパニクったのもわかるな。君ったら、まるでヘビをそそのかしてる感じだった。あれにはぞっとしたよ」

ハリーはまじまじとロンを見た。

「僕がちがう言葉をしゃべったって? だけど――僕、気がつかなかった――自分が話せるってことさえ知らないのに、どうしてそんな言葉が話せるんだい?」

ロンは首を振った。ロンもハーマイオニーも通夜の客のような顔をしていた。ハリーは、いったいなにがそんなに悪いことなのか理解できなかった。

「あのヘビが、ジャスティンの首を食いちぎるのを止めたっていうのに、いったいなにが悪いのか教えてくれないか? どういうやり方で止めたかなんて、問題になるの? 『首無し狩(くびなしがり)』に参加するはめにならずにすんだんだよ。どういうやり方で止めたかなんて、問題になるの?」

「問題になるのよ」ハーマイオニーがやっとひそひそ声で話し出した。

「どうしてかというと、サラザール・スリザリンは、ヘビと話ができることで有名だったからなの。だからスリザリン寮のシンボルがヘビでしょう」

ハリーはポカンと口を開けた。

「そうなんだ。今度は学校中が君のことを、スリザリンの曾々々々孫だとかなんとか言い出すだろうな……」ロンが言った。

「だけど、僕はちがう」ハリーは、言いようのない恐怖に駆られた。

「それは証明しにくいことね」ハーマイオニーが言った。

「スリザリンは千年ほど前に生きていたんだから、あなただという可能性もありうるのよ」

ハリーはその夜、何時間も寝つけなかった。四本柱のベッドのカーテンの隙間を通して寮塔の窓の外を雪がちらつきはじめたのを眺めながら、思いにふけった。

――僕はサラザール・スリザリンの末裔なのだろうか？――ハリーは結局父親の家族のことはなにも知らない。ダーズリー一家は、ハリーが親戚の魔法使いについて質問することを、いっさい禁止した。

ハリーはこっそり蛇語を話そうとした。しかし、言葉が出てこなかった。ヘビと顔を見合わせないと話せないらしい。

――でも、僕はグリフィンドール生だ。僕にスリザリンの血が流れていたら、「組分け帽子」が僕をここに入れなかったはずだ……。

「ふん」頭の中で意地悪な小さい声がした。「しかし、『組分け帽子』は君をスリザリンに入れたいと思っていた。忘れたのかい？」

ハリーは寝返りを打った。――明日、「薬草学」でジャスティンに会う。そのときに説明するんだ。僕はヘビをけしかけてたのじゃなく、攻撃をやめさせてたんだって。どんなばかだって、そのくらいわかるはずじゃないか――腹が立って、ハリーは枕を拳でたたいた。


しかし、翌朝、前夜に降り出した雪が大吹雪となり、学期最後の「薬草学」の授業は休講になった。スプラウト先生がマンドレイクに靴下をはかせ、マフラーを巻く作業をしなければならないからだ。やっかいな作業なので、他のだれにもまかせられないらしい。とくにいまは、ミセス・ノリスやコリン・クリービーを蘇生させるため、マンドレイクが一刻も早く育ってくれることが重要だった。

グリフィンドールの談話室の暖炉のそばで、ハリーは休講になってしまったことにいらだっていた。ロンとハーマイオニーは、空いた時間を魔法チェスで過ごしていた。

「ハリー、お願いよ」

ロンのビショップが、ハーマイオニーのナイトを馬から引きずり降ろしてチェス盤の外までずるずる引っ張っていったとき、ハリーの様子を見かねたハーマイオニーが言った。

「そんなに気になるんだったら、こっちからジャスティンを探しにいけばいいじゃない」

ハリーは立ち上がり、ジャスティンはどこにいるかなと考えながら肖像画の穴から外に出た。

窓という窓の外を灰色の雪が渦巻くように降っていたので、昼だというのに城の中はいつもより暗かった。寒さに震え、ハリーは授業中の教室の物音を聞きながら歩いた。マクゴナガル先生がだれかを叱りつけていた。どうやらだれかがクラスメートをアナグマに変えてしまったらしい。覗(のぞ)いてみたい気持ちを抑えてそばを通り過ぎた。ジャスティンは空いた時間に授業の遅れを取りもどそうとしているかもしれないと思いつき、ハリーは図書室をチェックしてみることにした。

「薬草学」で一緒になるはずだったハッフルパフ生たちが、思ったとおり図書室の奥に塊になって座っていた。しかし、勉強している様子ではない。背の高い本棚がずらりと立ち並ぶ間で、みな額を寄せ合って夢中でなにかを話しているようだった。ジャスティンがその中にいるかどうか、ハリーには見えなかった。みなのほうに歩いていく途中で話が耳に入った。ハリーは立ち止まり、ちょうど「隠れ術」の本が並ぶ本棚のところに隠れて耳をすませた。

「だからさ」太った少年が話している。

「僕、ジャスティンに言ったんだ。自分の部屋に隠れてろって。つまりさ、もしポッターが、あいつを次の餌食と狙ってるんだったら、しばらくは目立たないようにしてるのが一番いいんだよ。もちろん、あいつ、うっかり自分がマグル出身だなんてポッターに漏らしちゃったから、いつかはこうなるんじゃないかと思ってたさ。ジャスティンのやつ、イートン校に入る予定だったなんて、ポッターにしゃべっちまったんだ。そんなこと、スリザリンの継承者がうろついてるってときに言いふらすべきじゃないよな？」

「じゃ、アーニー、あなた、絶対にポッターだって思ってるの？」

金髪を三つ編みにした女の子がもどかしげに聞いた。

「ハンナ」太った子が重々しく言った。

「彼はパーセルマウスだぜ。それは闇の魔法使いの印だって、みんな知ってる。ヘビと話ができるまともな魔法使いなんて、聞いたことがあるかい？　スリザリン自身のことを、みんなが『蛇舌』って呼んでたくらいなんだ」

ザワザワと重苦しいささやきが起こり、アーニーは話し続けた。

「壁に書かれた言葉を覚えてるか？『継承者の敵よ、気をつけよ』ポッターはフィルチとなにかごたごたがあったんだ。そして気がつくと、フィルチの猫が襲われていた。あの一年坊主のクリービーは、クィディッチ試合でポッターが泥の中に倒れてる写真を撮りまくって、ポッターにいやがられた。そして気がつくと、クリービーがやられていた」

「でも、ポッターって、いい人に見えるけど」ハンナは納得できない様子だ。

「それに、ほら、彼が『例のあの人』を消したのよ。そんなに悪人であるはずがないわ。どう？」

アーニーはわけありげに声を落とし、ハッフルパフ生はより近々と額を寄せ合った。ハリーはアーニーの言葉が聞き取れるように近くまでにじり寄った。

「ポッターが『例のあの人』に襲われたのにどうやって生き残ったのか、だれも知らないんだ。つまり、事が起こったとき、ポッターはほんの赤ん坊だった。木っ端微塵に吹き飛ばされて当然さ。それほどの呪いを受けても生き残ることができるのは、本当に強力な『闇の魔法使い』だけだよ」アーニーの声がさらに低くなり、ほとんど耳打ちしているようだ。「だからこそ、『例のあの人』がはじめっから彼を殺したがったんだ。闇の帝王がもう一人いて、競争になるのがいやだったんだ。ポッターのやつ、いったいほかにどんな力を隠してるんだろう？」

ハリーはもうこれ以上がまんできなかった。大きく咳ばらいして、本棚の陰から姿を現した。

カンカンに腹を立てていなかったら、不意を衝かれたみなの様子を見て、ハリーはきっと滑稽だと思っただろう。ハリーの姿を見たとたん、ハッフルパフ生はいっせいに石になったように見えた。アーニーの顔からさぁっと血の気が引いた。

「やあ」ハリーが声をかけた。「僕、ジャスティン・フィンチ‐フレッチリーを探してるんだけど……」

ハッフルパフ生の恐れていた最悪の事態が現実のものになった。みな、怖々、アーニーのほうを見た。

「あいつになんの用なんだ？」アーニーが震え声で聞いた。

「決闘クラブでのヘビのことだけど、ほんとはなにが起こったのか、彼に話したいんだよ」

アーニーは蒼白になった唇を噛み、深呼吸した。

「僕たちみんなあの場にいたんだ。みんな、なにが起こったのか見てた」

「それじゃ、僕が話しかけたあとでヘビが退いたのに気がついただろう？」

「僕が見たのは」アーニーが、震えているくせに頑固に言い張った。「君が蛇語を話したこと、そしてヘビをジャスティンのほうに追い立てたことだ」

「追い立てたりなんかしてない！」ハリーの声は怒りで震えていた。「ヘビはジャスティンをかすりもしなかった！」

「もう少しってとこだった」アーニーが言った。「それから、君がなにか勘ぐってるんだったら」とあわててつけ加えた。「言っとくけど、僕の家系は九代前までさかのぼれる魔女と魔法使いの家系で、僕の血はだれにも負けないぐらい純血で、だから――」

「君がどんな血だろうとかまうもんか！」ハリーは激しい口調で言った。「なんで僕がマグル生まれの者を襲う必要がある？」

「君が、一緒に暮らしているマグルを憎んでるって聞いたよ」アーニーは即座に答えた。

「ダーズリーたちと一緒に暮らしていたら、憎まないでいられるもんか。できるものなら、君がやってみればいいんだ」ハリーが言った。

ハリーは踵を返して、怒りを爆発させながら図書室を出ていった。大きな呪文の本の箔押しの表紙を磨いていたマダム・ピンスが、じろりと咎めるような目でハリーを見た。

ハリーは、むちゃくちゃに腹が立って、自分がどこに行こうとしているのかさえほとんど意識せず、つまずきながら廊下を歩いた。その結果、なにか大きくて固い物にぶつかって、ハリーは仰向けに床に転がってしまった。

「あ、やあ、ハグリッド」ハリーは見上げながら挨拶した。

雪にまみれたウールのバラクラバ頭巾で頭から肩まですっぽり覆われてはいたが、厚手木綿のオーバーを着て廊下をほとんど全部ふさいでいるのは、まぎれもなくハグリッドだ。手袋をした巨大な手の一方に、鶏の死骸をぶら下げている。

「ハリー、大丈夫か？」ハグリッドはバラクラバを引き下げて話しかけた。

「おまえさん、なんで授業に行かんのかい？」

「休講になったんだ」ハリーは床から起き上がりながら答えた。

「ハグリッドこそなにしてるの？」

ハグリッドはだらんとした鶏を持ち上げて見せた。

「殺られたのは今学期になって二羽目だ。狐の仕業か、『吸血お化け』か。そんで、校長先生から鶏小屋のまわりに魔法をかけるお許しをもらわにゃ」

ハグリッドは雪がまだらについたぼさぼさ眉毛の下から、じっとハリーを覗き込んだ。

「おまえさん、ほんとに大丈夫か？　カッカして、なんかあったみたいな顔しとるが――」

ハリーはアーニーやハッフルパフ生が、いましがた自分のことをなんと言っていたか、口にすることさえ耐えられなかった。

「なんでもないよ」ハリーはそう答えた。

「ハグリッド、僕、もう行かなくちゃ。次は『変身術』だし、教科書を取りに帰らなきゃ」

その場を離れたものの、ハリーはまだアーニーの言ったことが頭に鳴り響いていた。

「ジャスティンのやつ、うっかり自分がマグル出身だなんてポッターに漏らしちゃったから、いつかはこうなるんじゃないかと思ってたさ……」

ハリーは階段を踏み鳴らして上り、次の廊下の角を曲がった。そこは一段と暗かった。はめ込みの甘い窓ガラスの間から激しく吹き込む氷のような隙間風が、松明の灯りを消してしまっていた。廊下の真ん中あたりまできたとき、床に転がっているなにかにもろに足を取られ、ハリーはつんのめった。

振り返っていったいなににつまずいたのか、目を細めて確めたハリーは、とたんに胃袋が溶けてしまったような気がした。

ジャスティン・フィンチ‐フレッチリーが転がっていた。冷たく、ガチガチに硬直し、恐怖の跡が顔に凍りつき、虚ろな目は天井を凝視している。その隣にもう一つ、ハリーがいままで見たこともない不可思議なものがあった。

「ほとんど首無しニック」だった。もはや透明な真珠色ではなく、黒く煤けて、床から十五センチほど上で真横にじっと動かずに浮いていた。首は半分落ち、顔にはジャスティンと同じ恐怖が貼りついている。

ハリーは立ち上がったが、息は絶え絶え、心臓は早打ち太鼓のように肋骨を打った。人影のない廊下のあちらこちらを、ハリーは取り憑かれたように見回した。すると、クモが二つの物体から逃げるように、一列になって、全速力でガサゴソ移動しているのが目に入った。物音といえば、両側の教室からぼんやりと聞こえる、先生方の声だけだ。

逃げようと思えば逃げられる。ここにハリーがいたことなど、だれにもわかりはしない。なのに、ハリーは二人を放っておくことができなかった――助けを呼ばなければ……。でも、この二人の状態と僕がまったく関係ないと、信じてくれる人がいるだろうか――?

パニックに陥って突っ立っていると、すぐそばの戸がバーンと開き、ポルターガイストのピーブズがシューッと飛び出してきた。

「おやまあ、ポッツリ、ポッツン、チビのポッター！」ひょこひょこ上下に揺れながらハリーの脇を通り過ぎる際に、メガネをたたいてずっこけさせながらピーブズがかん高い声で囃（はや）し立てた。「ポッター、ここでなにしてる? ポッター、どうしてここにいる――」

ピーブズは空中宙返りの途中で、はたと止まった。逆さまのままで、ジャスティンと「ほとんど首無しニック」を見つけた。ピーブズはもう半回転して元にもどり、肺一杯に息を吸い込むと、ハリーの止める間もなく大声でさけんだ。

「襲われた！ 襲われた！ またまた襲われた！ 生きてても死んでても、みんな危ないぞ！　命からがら逃げろ！　おーそーわーれーたー！」

バタン――バタン――バタン。次々と廊下の両側のドアが勢いよく開き、中からどっと人があふれ出てきた。それからの数分間は長かった。大混乱のドタバタで、ジャスティンは踏みつぶされそうになるし、「ほとんど首無しニック」の体の中で立ちすくむ生徒も何人かいた。先生方が大声で「静かに」とどなる中で、ハリーは壁にぴったり磔になったような格好でいた。マクゴナガル先生が走ってきた。あとに続いたクラスの生徒の中に、髪が白と黒の縞模様のままの子が一人いた。マクゴナガル先生は杖を使ってバーンと大きな音を出し、静かになったところで、みなに自分の教室にもどるよう命令した。なんとか騒ぎが収まりかけたちょうどそのとき、ハッフルパフのアーニーが息せき切ってその場に現れた。

「現行犯だ！」顔面蒼白のアーニーが、芝居の仕草のようにハリーを指さした。

「おやめなさい、マクミラン！」マクゴナガル先生が厳しくたしなめた。

ピーブズは上のほうでニヤニヤ意地の悪い笑いを浮かべ、成り行きを見ながらふわふわしている。ピーブズは大混乱が好きなのだ。先生たちがかがみ込んで、ジャスティンと「ほとんど首無しニック」を調べている最中に、ピーブズは突然歌い出した。

♪オー、ポッター、いやなやつだー　いったいおまえはなにをしたー
おまえは生徒を皆殺し　おまえはそれが大ゆかい

「お黙りなさい、ピーブズ」

マクゴナガル先生が一喝した。ピーブズはハリーに向かってベ～ッと舌を出し、すーっと後ろに引っ込むように、ズームアウトして消えてしまった。

ジャスティンは、フリットウィック先生と「天文学」のシニストラ先生が医務室に運んだ。しかし、「ほとんど首無しニック」をどうしたものか、だれも思いつかない。結局マクゴナガル先生が空気で大きなうちわを作り上げ、それをアーニーに持たせて「ほとんど首無しニック」を階段の一番上まであおり上げるよう言いつけた。アーニーは言いつけどおり、物言わぬ黒いホバークラフトのようなニックをあおいでいった。あとに残されたのはマクゴナガル先生とハリーだけだった。

「おいでなさい、ポッター」

「先生、誓って言います。僕、やってません――」ハリーは即座に断言した。

「ポッター、私の手に負えないことです」マクゴナガル先生は素気ない。

二人は押し黙って歩いた。角を曲がると、先生は途方もなく醜い大きな石の怪獣像

の前で立ち止まった。

「レモン・キャンディー！」

先生の言った、これが合言葉だったにちがいない。怪獣像(ガーゴイル)が突然生きた本物になり、ピョンと跳んで脇に寄ったかと思うとその背後にあった壁が左右に割れた。いったいどうなることかと恐れで頭が一杯のハリーも、怖さを忘れてびっくりした。壁の裏には螺旋(らせん)階段があり、エスカレーターのように滑らかに上へと動いている。ハリーが先生と一緒に階段に乗ると、二人の背後で壁はドシンと閉じた。二人はくるくると螺旋状に上へ上へと運ばれていった。そしてついに、少しめまいを感じながらも、ハリーは前方に輝くような樫(かし)の扉を見た。扉にグリフィンを象(かたど)ったノック用の金具がついている。

ハリーはどこに連れていかれるのかに気がついた。ここはダンブルドアの住居(すまい)にちがいない。

第12章　ポリジュース薬

石の螺旋階段の一番上で二人は降り、マクゴナガル先生が扉をたたいた。扉は音もなく開き、二人は中に入った。マクゴナガル先生は、待っていなさいとハリーをそこにひとり残し、どこかに行ってしまった。

ハリーはあたりを見回した。今学期になってハリーはいろいろな先生の部屋に入ったが、ダンブルドアの校長室が断トツにおもしろい。学校からまもなく放り出されるのではないかという恐怖で縮み上がっていなかったら、きっとハリーは、こんなふうにじっくりと部屋を眺めるチャンスをとても喜んだことだろう。

そこは広くて美しい円形の部屋で、おかしな小さな物音で満ちあふれていた。紡錘形の華奢な脚のついたテーブルには奇妙な銀の道具が並び、くるくる回りながらポッポッと小さな煙を吐いている。壁には歴代校長の写真が掛かっていたが、みな額縁の中ですやすや眠っている。大きな鉤爪脚の机もあり、その後ろの棚にはみすぼらしいボロボロの三角帽子が載っている――「組分け帽子」だ。

ハリーは眠っている壁の校長先生たちをそっと見渡した。帽子を取って、もう一度かぶってみても、かまわないだろうか？　ハリーはためらった。かまわないだろう。ちょっとだけ……確認するだけだ。僕の組分けは正しかったのかどうか――。

ハリーはゆっくりと机の後ろに回り込み、棚から帽子を取り上げておもむろにかぶった。帽子が大きすぎて、前のときも今度も、目の上まで滑り落ちてきた。ハリーは帽子の内側の闇を見つめて、待った。すると幽かな声がハリーの耳にささやいた。

「なにか、思いつめているね？　ハリー・ポッター」

「ええ、そうです」ハリーは口ごもった。「あの――お邪魔してごめんなさい――お聞きしたいことがあって――」

「わたしが君を組分けした寮が、まちがいではないかと気にしてるね」

帽子はさらりと言った。

「さよう……君の組分けはとくに難しかった。しかし、わたしが前に言った言葉はいまも変わらない――」

ハリーは心が躍った。

「――君はスリザリンでうまくやれる可能性がある」

ハリーの胃袋がずしんと落ち込んだ。帽子のてっぺんをつかんでぐいっと脱ぐ。薄汚れてくたびれた帽子がだらりとハリーの手からぶら下がっている。気分が悪くなり、ハリーは帽子を棚に押しもどした。

「あなたはまちがっている」

動かず物言わぬ帽子に向かって、ハリーは声を出して話しかけた。帽子はじっとしている。ハリーは帽子を見つめながら後ずさりした。ふと、奇妙なゲッゲッという音が聞こえて、ハリーは振り返った。

ハリーは、ひとりきりではなかった。扉の裏側に金色の止まり木があり、羽を半分むしられた七面鳥のようなよぼよぼの鳥が止まっている。ハリーがじっと見つめると、鳥はまたゲッゲッと声を上げながら邪悪な目つきで見返した。ハリーは鳥が重い病気ではないかと思った。目はどんよりとし、ハリーが見ている間にもまた尾羽が二、三本抜け落ちた。

――ダンブルドアのペットの鳥が、自分以外にはだれもいないこの部屋で死んでしまったら、万事休すだ。僕はもうだめだ。――そう思ったとたん、鳥が炎に包まれた。

ハリーは驚いてさけび声を上げ、思わず後ろに下がって机にぶつかった。どこかにコップ一杯の水でもないかと、ハリーは夢中でまわりを見回した。しかし、どこにも見当たらない。その間に鳥は火の玉となり、一声鋭く鳴いたかと思うと次の瞬間、跡形もなくなってしまった。ひと握りの灰が、床の上でブスブスと煙を上げているだけだった。

校長室のドアが開いた。ダンブルドアが陰鬱な顔をして現れた。

「先生」ハリーは喘ぎながら言った。「先生の鳥が──僕、なにもできなくて──急に火がついたんです──」

驚いたことに、ダンブルドアはほほえんだ。

「もう、そのころあいだったのじゃ。あれはこのごろ惨めな様子だったのでな、早くすませてしまうようにと、何度も言い聞かせておったんじゃ」

ハリーがポカンとしているので、ダンブルドアがクスクス笑った。

「ハリー、フォークスは不死鳥じゃよ。死ぬときがくると炎となって燃え上がる。そして灰の中から蘇るのじゃ。見ててごらん……」

ハリーが見下ろすと、ちょうど小さなくしゃくしゃの雛が灰の中から頭を突き出しているところだった。雛も老鳥と同じぐらい醜い。

「ちょうど『燃焼日』にあれの姿を見ることになって、残念じゃったの」

ダンブルドアは事務机に座りながら言った。

「あれはいつもは実に美しい鳥なんじゃ。羽は見事な赤と金色でな。うっとりするような生き物じゃよ、不死鳥というのは。驚くほどの重い荷を運び、涙には癒しの力があり、ペットとしては忠実この上ない」

フォークスの火事騒ぎのショックで、ハリーは自分がなぜここにいるのかを忘れていた。一気に思い出したのは、ダンブルドアが机に座り、背もたれの高い椅子に腰掛け、明るいブルーの瞳ですべてを見透すようなまなざしをハリーに向けたときだ。

ダンブルドアが次の言葉を繰り出す前に、バーンというすさまじい音とともに扉が勢いよく開き、ハグリッドが飛び込んできた。目を血走らせ、真っ黒なもじゃもじゃ頭の上にバラクラバ頭巾をちょこんと載せて、手には鶏の死骸をまだぶら下げている。

「ハリーじゃねえです。ダンブルドア先生」ハグリッドが急き込んで言った。

「おれはハリーと話してたです。あの子が発見されるほんのちょっと前のこってす。先生さま、ハリーにはそんな時間はねえです……」

ダンブルドアはなにか言おうとしたが、ハグリッドがわめき続けていた。興奮して鶏を振り回すので、そこら中に羽が飛び散った。

「……ハリーのはずがねえです。おれは魔法省の前で証言したってようがす……」

「ハグリッド、わしは――」

「……先生さま、先生さま方はまちがっていなさる。おれは知っとるです。ハリーは絶対そんな――」

「ハグリッド！」ダンブルドアは大きな声で言った。「わしはハリーがみなを襲ったとは考えておらんよ」

「へっ？」手に持った鶏がぐにゃりと垂れ下がった。

「あ、へい。じゃ、おれは外で待ってますだ。校長先生」

そして、ハグリッドはきまり悪そうにドシンドシンと出ていった。

「先生、僕じゃないとお考えなのですか？」

ハリーは祈るように繰り返した。ダンブルドアは机の上に散らばった鶏の羽を払い退けていた。

「そうじゃよ、ハリー」ダンブルドアはそう言いながらも、また陰鬱な顔をした。

「しかし、君には話したいことがあるのじゃ」

ダンブルドアは長い指の先を合わせ、何事か考えながらハリーをじっと見ていた。

ハリーは落ち着かない気持ちでじっと待った。

「ハリー、まず、君に聞いておかねばならん。わしになにか言いたいことはないかの？」やわらかな口調だった。「どんなことでもよい」

ハリーはなにを言ってよいかわからなかった。マルフォイのさけびを思い出した。「次はおまえたちの番だぞ、『穢れた血』め！」それから、「嘆きのマートル」のトイレでふつふつ煮えているポリジュース薬。さらに、ハリーが二回も聞いた正体の見えない声。ロンが言ったことを思い出した。「だれにも聞こえない声が聞こえるのは、魔法界でも狂気の始まりだって思われてる」。そして、みなが自分のことをなんと言っているか。それらを次々に思い浮かべた。自分はサラザール・スリザリンとなんらかのかかわりがあるのではないかという恐れがつのっていること……。

「いいえ。先生、なにもありません」ハリーが答えた。

ジャスティンと「ほとんど首無しニック」の二人が一度に襲われた事件は、これまでのような単なる不安感を超えて、パニック状態を引き起こした。奇妙なことに、一番不安をあおったのはニックの運命だった。ゴーストにあんなことをするなんていったい何者なのかと、寄ると触るとその話だ。もう死んでいる者に危害を加えるなんて、どんな恐ろしい力を持っているのだろう？　クリスマスに帰宅しようと、生徒たちが雪崩を打ってホグワーツ特急の予約を入れた。

「この調子じゃ、居残るのは僕たちだけになりそうだな」ロンが、ハリーとハーマイオニーに言った。

「僕たちと、マルフォイ、クラッブ、ゴイルだ。こりゃ楽しい休暇になるぞ」

クラッブとゴイルは、常にマルフォイに従って行動したので、居残り組に名前を書いた。ほとんどの生徒がいなくなることが、ハリーにはむしろうれしかった。廊下でハリーに出会うと、まるでハリーが牙を生やしたり毒を吐き出すとでも思っているかのように、みなハリーを避けて通る。逆にハリーがそばを通ろうものなら、指さしながら「シーッ」と言ったり声をひそめたりと、ハリーはもううんざりだった。

フレッドとジョージにしてみれば、こんなおもしろいことはないらしい。二人でわざわざハリーの前に立って廊下を行進し、「したーにぃ、下に、まっこと邪悪な魔法使い、スリザリンの継承者さまのお通りだ……」と先触れした。

パーシーはこのふざけをまったく認めなかった。

「笑いごとじゃないぞ」パーシーは冷たく言った。

「おい、パーシー、どけよ。ハリー様は、はやく行かねばならぬ」とフレッド。

「そうだとも。牙をむき出した召使いとお茶をお飲みになるので、『秘密の部屋』にお急ぎなのだ」

ジョージがうれしそうにクックッと笑った。

ジニーも冗談だとは思っていなかった。

フレッドがハリーに「次はだれを襲うつもりか」と大声でたずねたり、ジョージがハリーと出会った際、大きなにんにくの束で追いはらうふりをすると、そのたびにジニーは「お願い、やめて」と涙声になった。

ハリーは気にしていなかった。少なくともフレッドとジョージは、ハリーがスリザリンの継承者だなんて、まったくばかげた考えだと笑い飛ばしている。そう思うと気が楽になった。しかしドラコ・マルフォイは、二人の道化ぶりを見るたびにいらいらをつのらせ、ますます不機嫌になっていくようだった。

「そりゃ、本当は自分なんだって、言いたくてしょうがないからさ」

ロンがわけ知り顔で言った。

「あいつ、ほら、どんなことだって、自分を負かすやつは憎いんだ。なにしろ君は、やつの悪行の功績を全部自分のものにしてるわけだろ」

「長くはお待たせしないわ」ハーマイオニーが満足げに言った。

「ポリジュース薬がまもなく完成よ。彼の口から真実を聞く日も近いわ」

とうとう学期が終わり、降り積もった雪と同じくらいの深い静寂が城を包んだ。ハリーにとっては、憂鬱（ゆううつ）どころか安らかな日々だった。ハーマイオニーやウィーズリー兄弟たちと一緒に、グリフィンドール塔を思いどおりにできるのは楽しかった。だれにも迷惑をかけずに大きな音を出して「爆発スナップ」をしたり、秘かに決闘の練習をしたりした。フレッド、ジョージ、ジニーも、両親と一緒にエジプトにいる兄のビルを訪ねるより、学校に残るほうを選んだ。パーシーは「おまえたちの子供っぽい行動はけしからん」と、グリフィンドールの談話室にはあまり顔を出さなかった。「クリスマスに僕が居残るのは、この困難な時期に先生方の手助けをするのが、監督生（かんとくせい）としての義務だからだ」と、パーシーはもったいぶって説明していた。

クリスマスの朝がきた。寒い、真っ白な朝だった。寮の部屋にはハリーとロンしか残っていなかったが、朝早く起こされてしまった。二人分のプレゼントを持って、すっかり着替えをすませたハーマイオニーが、部屋に飛び込んできたのだ。

「起きなさい」

ハーマイオニーは窓のカーテンを開けながら、大声で呼びかけた。

「ハーマイオニー――君は男子寮にきちゃいけないはずだよ」

ロンはまぶしそうに目を覆いながら言った。

「あなたにもメリー・クリスマスよ」ハーマイオニーは、ロンにプレゼントをポーンと投げながら言った。

「私、もう一時間も前から起きて、煎じ薬にクサカゲロウを加えてたの。完成よ」

とたんにハリーはパッチリ目が覚めて、起き上がった。

「ほんと？」

「絶対よ」

ハーマイオニーはネズミのスキャバーズを脇に押しやって、自分がベッドの片隅に腰掛けた。

「やるんなら、今夜だわね」

ちょうどそのとき、ヘドウィグがスイーッと部屋に入ってきた。嘴にちっぽけな包みをくわえている。

「やあ」ベッドに降り立ったヘドウィグに、ハリーはうれしそうに話しかけた。

「また僕と口をきいてくれるのかい？」

ヘドウィグはハリーの耳をやさしくかじった。そのほうが、運んできてくれた包みよりずっといい贈り物だった。包みはダーズリー一家からで、爪楊枝一本とメモが入っており、メモには、夏休み中にも学校に残れないかどうか聞いておけ、と書いてあった。

ほかのプレゼントは、もっとずっとうれしいものばかりだった。ハグリッドは糖蜜ヌガーを大きな缶一杯贈ってくれた。ハリーはそれを火のそばに置いて柔らかくしてから食べることにした。ロンは、お気に入りのクィディッチ・チームのおもしろいことがあれこれ書いてある『キャノンズと飛ぼう』という本を、ハーマイオニーはデラックスな鷲羽根のペンをくれた。最後の包みを開くと、ウィーズリーおばさんからの新しい手編みのセーターと大きなプラムケーキが出てきた。おばさんのクリスマスカードを飾りながら、ハリーの胸に新たな自責の念が押し寄せてきた――。ウィーズリーおじさんの車は「暴れ柳」に衝突して以来行方が知れないし、その上、ロンと一緒にこれからひとしきり校則を破る計画を立てているのだ。

ホグワーツのクリスマス・ディナーだけは、なにがあろうと楽しい。たとえこれからポリジュース薬を飲むことを恐れていたって、やはり楽しい。

大広間は豪華絢爛だった。霜に輝くクリスマス・ツリーが何本も立ち並び、柊とヤドリギの小枝が天井を縫うように飾られ、魔法で天井から暖かく乾いた雪が降りしきっていた。ダンブルドアはお気に入りのクリスマス・キャロルを二、三曲指揮し、ハグリッドはエッグノッグをゴブレットでがぶ飲みするたびに、もともと大きい声がますます大きくなった。「監督生」のバッジをフレッドがいたずらして「劣等生」に変えてしまったことに気がつかないパーシーは、みながくすくす笑うたびにどうして笑うのか聞いていた。マルフォイはスリザリンのテーブルから聞こえよがしにハリーの新しいセーターの悪口を言っていたが、ハリーは気にも止めなかった。うまくいけば、あと数時間でマルフォイは罪の報いを受けることになるのだ。

ハーマイオニーは、まだクリスマス・プディングの三皿目を食べているハリーとロンを追い立てて大広間から連れ出し、今夜の計画の詰めに入った。

「これから変身する相手の一部分が必要なの」

ハーマイオニーは、まるで二人にスーパーに行って洗剤を買ってこいとでも言うように、こともなげに言った。

「当然、クラッブとゴイルから取るのが一番だわ。マルフォイの腰巾着だから、あの二人にだったらなんでも話すでしょうし。それと、マルフォイの取り調べをしてる最中に、本物のクラッブとゴイルが乱入するなんてことが絶対にないようにしておかなくてはね」

「私、みんな考えてあるの」

ハリーとロンが度肝を抜かれた顔をしているのを無視してハーマイオニーはすらすらと言い、ふっくらしたチョコレートケーキを二個差し出した。

「簡単な眠り薬を仕込んでおいたわ。あなたたちはクラッブとゴイルがこれを見つけるようにしておけば、それだけでいいの。あの二人がどんなに意地汚いか、ご存知のとおりだから、絶対食べるに決まってる。眠ったら髪の毛を二、三本引っこ抜いて、それから二人を箒用の物置に隠すのよ」

ハリーとロンは大丈夫かなと顔を見合わせた。

「ハーマイオニー、僕、だめなような――」

「それって、ものすごく失敗するんじゃ――」

しかし、ハーマイオニーの目には、厳格そのもののきらめきがあった。ときおりマクゴナガル先生が見せるあれだ。

「煎じ薬は、クラッブとゴイルの毛がないと役に立ちません」断固たる声だ。

「あなたたち、マルフォイを尋問したいの、したくないの？」

「ああ、わかったよ。わかったよ」とハリーが言った。

「でも、君のは？　だれの髪の毛を引っこ抜くの？」

「私のはもうあるの！」ハーマイオニーは高らかにそう言うと、ポケットから小瓶を取り出し、中に入っている一本の髪の毛を見せた。

「覚えてる？　決闘クラブで私と取っ組み合ったミリセント・ブルストロード。私の首を絞めようとしたとき、私のローブにこれが残ってたの！　それに、彼女、クリスマスで帰っちゃっていないし。——だから、スリザリン生には、学校にもどってきちゃったと言えばいいわ」

ハーマイオニーがポリジュース薬の様子を見にあわただしく出ていったあとで、ロンが運命に打ちひしがれたような顔でハリーを見た。

「こんなにしくじりそうなことだらけの計画って、聞いたことあるかい？」

ところが、作戦第一号はハーマイオニーの言ったとおりに、苦もなく進行した。これにはハリーもロンも驚嘆した。クリスマス・ディナーのあと、二人でだれもいなくなった玄関ホールに隠れ、クラッブとゴイルを待ち伏せした。スリザリンのテーブルにたった二人残ったクラッブとゴイルは、デザートのトライフルの四皿目をガツガツ平らげていた。ハリーはチョコレートケーキを、階段の手すりの端にちょこんと載せておいた。大広間からクラッブとゴイルが出てきたので、ハリーとロンは正面扉の脇に立っている鎧の陰に急いで隠れた。

クラッブが大喜びでケーキを指さしてゴイルに知らせ、二つとも引っつかんだのを見て、ロンが有頂天になってハリーにささやいた。

「あそこまでばかになれるもんかな？」

ニヤニヤとばか笑いしながら、クラッブとゴイルはケーキを丸ごと大きな口に収めた。しばらくは二人とも、「もうけた」という顔で意地汚くもごもごロを動かしていたが、やがてそのままの表情で、二人ともパタンと仰向けに床に倒れた。

一番難しい一幕は、ホールの反対側にある物置に二人を隠すことだった。バケツやモップの間に二人を安全にしまい込んだあと、ハリーはゴイルの額を覆っているごわごわの髪を二、三本、えいっと引き抜き、ロンはクラッブの髪を数本引っこ抜いた。二人の靴も失敬した。なにしろハリーたちの靴では、クラッブ、ゴイル・サイズの足には小さすぎるからだ。自分たちのやり遂げたことがまだ信じられないまま、二人は「嘆きのマートル」のトイレへと全速力で駆け出した。

ハーマイオニーが大鍋をかき混ぜている小部屋から、もくもくと濃い黒い煙が立ち昇り、二人はほとんどなにも見えなかった。ローブをたくし上げて鼻を覆いながら、二人は小部屋の戸をそっとたたいた。

「ハーマイオニー?」

閂が外れる音がして、ハーマイオニーが顔を輝かせ、待ち切れない様子で現れた。その後ろで、どろりと水飴状になった煎じ薬がグツグツゴボゴボ泡立つ音が聞こえた。便座にタンブラー・グラスが三つ用意されていた。

「取れた?」ハーマイオニーが息をはずませて聞いた。

ハリーはゴイルの髪の毛を見せた。

「結構よ。私のほうは、洗濯物置き場から着替え用のローブを三着、こっそり調達しといたわ」ハーマイオニーは小振りの袋を持ち上げて見せた。「クラッブとゴイルになったら、サイズの大きいのが必要でしょ」

三人は大鍋をじっと見つめた。近くで見ると、煎じ薬はどろりとした黒っぽい泥のようで、ボコッボコッと鈍く泡立っていた。

「すべて、まちがいなくやったと思うわ」

ハーマイオニーが染みだらけの『最も強力な魔法薬』の該当ページを、神経質に読み返しながら言った。

「見た目もこの本に書いてあるとおりだし……。これを飲むと、また自分の姿にもどるまできっかり一時間よ」

「次はなんだい？」ロンがささやいた。

「薬を三杯に分けて、髪の毛をそれぞれ薬に加えるの」

ハーマイオニーが柄杓でそれぞれのグラスに、どろりとした薬をたっぷり入れた。それから震える手で、小瓶に入ったミリセント・ブルストロードの髪を自分のグラスに振り入れた。

煎じ薬は、ヤカンの湯が沸騰するようなシューシューという音を立て、激しく泡立った。次の瞬間薬は、むかつくような黄色に変わった。

「おぇー――ミリセント・ブルストロードのエキスだ」

ロンが胸糞が悪いという目つきをした。

「きっと、いやぁな味がするよ」

「さあ、あなたたちも加えて」ハーマイオニーが促した。

ハリーはゴイルの髪を真ん中のグラスに落とし入れ、ロンも三つ目のグラスにクラッブのを入れた。二つともシューシューと泡立ち、ゴイルのは鼻糞のようなカーキ色、クラッブのは濁った暗褐色になった。

「ちょっと待って」ロンとハーマイオニーがグラスを取り上げたとき、ハリーが止めた。

「ここで三人一緒に飲むのはやめたほうがいい。クラッブやゴイルに変身したら、この小部屋に収まり切らないよ。それに、ミリセント・ブルストロードだって、とても小柄とは言えないんだから」

「よく気づいたな」ロンは戸を開けながら言った。「三人別々の小部屋にしよう」

ポリジュース薬を一滴もこぼすまいと注意しながら、ハリーは真ん中の小部屋に入った。

「いいかい？」ハリーが呼びかけた。

「いいよ」ロンとハーマイオニーの声だ。

「いち……にの……さん……」

鼻をつまんで、ハリーはゴックンと二口で薬を飲み干した。煮込みすぎたキャベツのような味がした。

とたんに、体の中が、生きたヘビを飲み込んだみたいによじれ出した。ハリーは吐き気がして、体をくの字に折った。すると、焼けるような感触が胃袋からさっと広がり、手足の指先まで届いた。次には、息が詰まりそうになった上に全身が溶けるような気持ちの悪さに襲われ、四つん這（ば）いになった。体中の皮膚が熱で溶ける蠟（ろう）のように泡立ち、ハリーの目の前で手は大きくなり、指は太くなり、爪は横に広がり、拳（こぶし）がボルトのようにふくれ上がった。両肩はベキベキと広がって痛み、額（ひたい）はチクチクする感触から髪の毛が眉のところまで這い下りてきたことがわかる。胸囲も広がり、樽（たる）のタガが引きちぎられるようにハリーのローブを引き裂いた。足は四サイズも小さいハリーの靴の中でうめいていた。

始まるのも突然だったが、終わるのも突然だった。ハリーは冷たい石の床の上にうずくまったまま、一番奥の小部屋で「嘆きのマートル」が気難しげにゴボゴボ音を立てているのを聞いていた。ハリーはやっとのことで靴を脱ぎ捨てて、立ち上がった。

――そうか、ゴイルになるって、こういう感じだったのか。巨大な震える手で、ハリーは、踝（くるぶし）から三十センチほど上にぶら下がっている自分の服をはぎ取り、着替えのローブを上からかぶってボートのようなゴイルの靴の紐（ひも）を締めた。手を伸ばして目を覆っている髪をかき上げようとしたが、ごわごわの短い髪が額の下のほうにあるだけだった。目がよく見えなかったのはメガネのせいだと気づいた。ゴイルにメガネは要らない。ハリーはメガネを外し、二人に呼びかけた。

「二人とも大丈夫？」

口から出てきたのは、ゴイルの低いしわがれ声だった。

「ああ」

右のほうからクラッブのうなるような低音が聞こえた。

ハリーは戸の閂(かんぬき)を開け、ひび割れた鏡の前に進み出た。ゴイルが、窪(くぼ)んだどんより眼(まなこ)でハリーを見つめ返していた。ハリーが耳をかくとゴイルもかいた。

ロンの戸が開いた。二人は互いをじろじろと見た。ちょっと蒼(あお)ざめてショックを受けている様子を別にすれば、鍋底(なべぞこ)カットの髪形もゴリラのように長い手も、ロンはクラッブそのものだった。

「おっどろいたなあ」鏡に近寄り、クラッブのぺちゃんこの鼻を突つきながらロンが繰り返した。「おっどろいたなあ」

「急いだほうがいい」ハリーはゴイルの太い手首に食い込んでいる腕時計のベルトを緩めながら急かした。「スリザリンの談話室がどこにあるか見つけないと。だれかのあとをつけられればいいんだけど……」

ハリーをじっと見つめていたロンが言った。

「ねえ、ゴイルがなんか考えてるのって気味悪いよな」

ロンはハーマイオニーの戸をドンドンたたいた。

「出てこいよ。行かなくちゃ……」

かん高い声が返ってきた。

「私――私、行けないと思うわ。二人だけで行って」

「ハーマイオニー、ミリセント・ブルストロードがブスなのはわかってるよ。だれも君だってこと、わかりゃしない」

「だめ――ほんとにだめ――行けないわ。二人とも急いで。時間をむだにしないで」

ハリーは当惑してロンを見た。

「その目つきのほうがゴイルらしいや」ロンが言った。

「先生がやつに質問すると、必ずそんな目をする」

「ハーマイオニー、大丈夫なの？」ハリーがドア越しに声をかけた。

「大丈夫……私は大丈夫だから……行って――」

ハリーは腕時計を見た。貴重な六十分のうち、五分も経ってしまっていた。

「あとでここで会おう。いいね？」ハリーが言った。

ハリーとロンは、トイレの入口の戸をそろそろと開け、まわりにだれもいないことを確かめてから出発した。

「腕をそんなふうに振っちゃだめだよ」ハリーがロンにささやいた。

「えっ?」

「クラッブって、こんなふうに腕を突っ張ってる……」

「こうかい?」

「うん、そのほうがいい」

二人は大理石の階段を下りていった。あとは、だれかスリザリン生がくれば談話室までついていけばいいのだが、だれもいない。

「なんかいい考えはない?」ハリーがささやいた。

「スリザリン生は朝食のとき、いつもあのへんから現れるよな」

ロンは地下牢への入口あたりを顎でしゃくった。その言葉が終わらないうちに、長い巻き毛の女子生徒が、その入口から出てきた。

「すみません」急いでロンが彼女に近寄った。「僕たち、談話室への行き方を忘れちゃった」

「なんですって?」素気ない返事が返ってきた。「僕たちの談話室ですって? わたし、レイブンクローよ」

女子生徒は胡散くさそうに二人を振り返りながら立ち去った。

ハリーとロンは急いで石段を下りていった。下は暗く、クラッブとゴイルのデカ足が床を踏むので足音がひときわ大きくこだました。——思ったほど簡単じゃない——二人はそう感じていた。

迷路のような廊下には人影もなかった。二人は、あと何分あるかと始終時間を確認しながら、奥へ奥へと学校の地下深く入っていった。十五分も歩いて、二人があきらめかけたとき、急に前のほうでなにか動く音がした。

「オッ！」ロンが勇みたった。「今度こそ連中の一人だ！」

脇の部屋からだれか出てきた。しかし、急いで近寄ってみると、がっかりした。スリザリン生ではなく、パーシーだった。

「こんなところでなんの用だい？」ロンが驚いて聞いた。

パーシーはむっとした様子だ。素気ない返事をした。

「そんなこと、君の知ったことじゃない。そこにいるのはクラッブだな？」

「えっ——あぁ、うん」ロンが答えた。

「それじゃ、自分の寮にもどりたまえ」パーシーが厳しく言った。

「このごろは暗い廊下をうろうろしていると危ない」

「自分はどうなんだ」とロンが突っついた。

「僕は」パーシーは胸を張った。「監督生だ。僕を襲うものはなにもない」

突然、ハリーとロンの背後から声が響いた。ドラコ・マルフォイがこちらへやってくる。

「おまえたち、こんなところにいたのか」マルフォイが二人を見て、いつもの気取った言い方をした。

「二人とも、いままで大広間でばか食いしていたのか？　ずっと探していたんだ。すごくおもしろい物を見せてやろうと思って」

マルフォイは、パーシーを威圧するように睨みつけた。

「ところでウィーズリー、こんなところでなにをしている？」マルフォイがせせら笑った。

パーシーはカンカンになった。

「監督生に少しは敬意を示したらどうだ！　君の態度は気にくわん！」

マルフォイはフンと鼻であしらい、ハリーとロンについてこいと合図した。ハリーはもう少しでパーシーに謝りそうになったが、危うく踏み止まった。二人はマルフォイのあとに続いて急いだ。角を曲がって次の廊下に出る際に、マルフォイが言った。

「あのピーター・ウィーズリーのやつ――」

「パーシー」思わずロンが訂正した。

「なんでもいい」とマルフォイ。

「あいつ、どうもこのごろ嗅ぎ回っているようだ。なにが目的なのか、僕にはわかってる。スリザリンの継承者を、ひとりで捕まえようと思ってるんだ」

マルフォイは嘲るように短く笑った。ハリーとロンは、ドキドキして目と目を見交わした。

湿ったむき出しの石が並ぶ壁の前で、マルフォイは立ち止まった。

「新しい合言葉はなんだったかな？」マルフォイはハリーに聞いた。

「えーと――」

「あ、そうそう――純血！」

マルフォイは答えも聞かずに合言葉を言った。壁に隠された石の扉がするすると開いた。マルフォイがそこを通り、ハリーとロンがそれに続いた。

スリザリンの談話室は、細長い天井の低い地下室で、壁と天井は粗削りの石造りだった。天井から丸い緑がかったランプが鎖で吊るしてある。前方の壮大な彫刻を施した暖炉ではパチパチと火が爆じけ、そのまわりに、彫刻入りの椅子に座ったスリザリン生の影がいくつか見えた。

「ここで待っていろ」マルフォイは暖炉から離れたところにある椅子を二人に示した。「いま持ってくるよ――父上が僕に送ってくれたばかりなんだ――」

いったいなにを見せてくれるのかと訝りながら、ハリーとロンは椅子に座り、できるだけくつろいだふうを装った。

マルフォイは間もなくもどってきた。新聞の切り抜きのような物を持っている。それをロンの鼻先に突き出した。

「これは笑えるぞ」マルフォイが言った。

ハリーは、ロンが驚いて目を見開いたのを見た。ロンは切り抜きを急いで読み、むりに笑ってそれをハリーに渡した。

「日刊予言者新聞」の切り抜きだった。

　　魔法省での尋問

　マグル製品不正使用取締局、局長のアーサー・ウィーズリー氏は、マグルの自動車に魔法をかけた廉で、本日、金貨五十ガリオンの罰金を言い渡された。

　ホグワーツ魔法魔術学校の理事の一人、ルシウス・マルフォイ氏は、本日、ウィーズリー氏の辞任を要求した。なお、問題の車は先ごろ前述の学校に墜落している。

「ウィーズリーは魔法省の評判を貶めた」マルフォイ氏は当社の記者にこう語った。「氏は我々の法律を制定するにふさわしくないことは明らかで、彼の手になるばかばかしい『マグル保護法』はただちに廃棄すべきである」

ウィーズリー氏のコメントは取ることができなかったが、氏の妻は記者団に対し、こう発言した。

「とっとと消えないと、家の屋根裏お化けをけしかけるわよ」。

「どうだ?」ハリーが切り抜きを返すと、マルフォイは待ち切れないように答えを促した。「おかしいだろう?」

「ハッ、ハッ」沈んだ声でハリーは笑った。

「アーサー・ウィーズリーはあれほどマグル贔屓なんだから、杖を真っ二つにへし折ってマグルの仲間に入ればいいのさ」マルフォイは蔑むように言った。

「ウィーズリーの連中の行動を見てみろ。ほんとに純血かどうか怪しいもんだ」

ロンの――いや、クラップの――顔が怒りで歪んだ。

「クラップ、どうかしたか?」マルフォイがぶっきらぼうに聞いた。

「腹が痛い」ロンがうめいた。

「ああ、それなら医務室に行け。あそこにいる『穢れた血』の連中を、僕からだと言って蹴飛ばしてやれ」

マルフォイがクスクス笑いながら言った。

「それにしても、『日刊予言者新聞』が、これまでの事件をまだ報道していないのには驚くよ」

マルフォイが考え深げに話し続けた。

「たぶん、ダンブルドアが口止めしてるんだろうな。こんなこと、すぐにもお終いにならないようなら、彼はクビになるよ。父上は、ダンブルドアがいることがこの学校にとって最悪なんだと、いつもおっしゃっている。彼はマグル贔屓だ。きちんとした校長だったら、あんなクリービーみたいなクズのおべんちゃら坊主なんか絶対入学させたりはしないよ」

マルフォイは架空のカメラを構えて写真を撮る格好をし、コリンそっくりの残酷な物まねをしはじめた。

「ポッター、写真を撮ってもいいかい？　ポッター、サインをもらえるかい？　君の靴をなめてもいいかい？　ポッター？」

マルフォイは手をぱたりと下ろしてハリーとロンを見た。

「二人とも、いったいどうしたんだ？」

もう遅すぎると思ったが、二人はむりやり笑いをひねり出した。それでもマルフォイは満足したようだ。たぶん、クラッブもゴイルもいつもこれくらい鈍いのだろう。

「聖ポッター、『穢れた血』の友」マルフォイはゆっくりと言った。

「あいつもやっぱりまともな魔法使いの感覚を持ってない。そうでなければあの身のほど知らずの穢れグレンジャーなんかとつき合ったりはしないはずだ。それなのに、みんながあいつをスリザリンの継承者だなんて考えている！」

ハリーとロンは息を殺して待ち構えた。あとちょっとでマルフォイは自分がやったと口を割る。しかし、そのとき――。

「いったいだれが継承者なのか、僕が知ってたらなあ」マルフォイが焦れったそうに言った。「手伝ってやれるのに」

ロンは顎がカクンと開いた。クラッブの顔がいつもよりもっと愚鈍に見えた。幸いマルフォイは気づかない。ハリーはすばやく質問した。

「だれが陰で糸を引いてるのか、見当はついてるんだろう……」

「いや、ない。ゴイル、何度も同じことを言わせるな」マルフォイが短く答えた。

「それに父上は、前回『部屋』が開かれたときのことをまったく話してくださらない。もっとも五十年前だから、父上の前の時代だ。でも、父上はすべてご存知だし、すべてが沈黙させられているから、僕がそのことを知りすぎていたら怪しまれるとおっしゃるんだ。でも、一つだけ知っている。この前『秘密の部屋』が開かれたときには、『穢(けが)れた血(ち)』が一人死んだ。だから、今度も時間の問題だ。あいつらのうちだれかが殺される。グレンジャーだといいのにな」

マルフォイは小気味よさそうに言った。

ロンはクラッブの巨大な拳(こぶし)をにぎりしめていた。ロンがマルフォイにパンチを食らわしたら、正体がばれてしまうとハリーは目で警戒信号を送った。

「前に『部屋』を開けた者が捕まったかどうか、知ってる?」ハリーが聞いた。

「ああ、うん……だれだったにせよ、追放された」とマルフォイが答えた。

「たぶん、まだアズカバンにいるんだろう」

「アズカバン?」ハリーはきょとんとした。

「アズカバン——魔法使いの牢獄(ろうごく)だ」

マルフォイは信じられないという目つきでハリーを見た。

「まったく、ゴイル、おまえがこれ以上うすのろだったら、後ろに歩きはじめるだろうよ」

「父上は、僕が目立たないようにして、スリザリンの継承者にやるだけやらせておけっておっしゃる。この学校には『穢れた血』の粛清が必要だって。でもかかわり合いになるなって。もちろん、父上はいま、自分のほうも手一杯なんだ。ほら、魔法省が先週、僕たちの館を立入り調査しただろう？」

マルフォイは椅子に座ったまま落ち着かない様子で体を揺すった。

ハリーはゴイルの鈍い顔をなんとか動かして心配そうな表情をした。

「そうなんだ……」とマルフォイ。「幸い、大した物は見つからなかったけど。父上は非常に貴重な闇の魔術の道具を持っているんだ。応接間の床下に、我が家の『秘密の部屋』があって――」

「ほう！」ロンが言った。

マルフォイがロンを見た。ハリーも見た。ロンが赤くなった。髪の毛まで赤くなった。鼻もだんだん伸びてきた――時間切れだ。ロンは自分にもどりつつある。ハリーを見るロンの目にも急に恐怖の色が浮かんだ。ハリーもそうにちがいない。

二人は大急ぎで立ち上がった。

「胃薬だ」ロンがうめいた。二人は振り向きもせず、スリザリンの談話室を端から端まで一目散に駆け抜け、石の扉に猛然と体当たりし、廊下を全力疾走した――なにとぞマルフォイがなんにも気づきませんように――と二人は祈りながら。ハリーはゴイルのダボ靴の中で足がずるずる滑るのを感じ、縮んでいく背丈に合わせてローブをたくし上げなければならなかった。二人は階段をドタバタと駆け上がり、暗い玄関ホールにたどり着いた。クラッブとゴイルを閉じ込めて鍵をかけた物置の中から、激しくドンドンと戸をたたくこもった音がしている。物置の戸の外側に靴を置き、ソックスのまま全速力で大理石の階段を駆け上って二人は「嘆きのマートル」のトイレにもどった。

「まあ、まったくの時間のむだではなかったよな」ロンがゼイゼイ息を切らしながら、トイレの中からドアを閉めた。「襲っているのがだれなのかはまだわからないけど、明日パパに手紙を書いてマルフォイの応接間の床下を調べるように言おう」

ハリーはひび割れた鏡で自分の顔を調べた。いつもの顔にもどっていた。メガネをかけていると、ロンがハーマイオニーの入っている小部屋の戸をドンドンたたいていた。

「ハーマイオニー、出てこいよ。僕たち君に話すことが山ほどあるんだ――」

「帰って！」ハーマイオニーがさけんだ。

ハリーとロンは顔を見合わせた。

「どうしたって言うんだい？」ロンが聞いた。「もう元の姿にもどったはずだろ。僕たちは……」

「嘆きのマートル」が急にするりとその小部屋の戸から出てきた。こんなにうれしそうなマートルを、ハリーははじめて見た。

「おぉぉぉぉぉー。見てのお楽しみ」マートルが言った「ひどいから！」

閂（かんぬき）が横に滑る音がして、ハーマイオニーが出てきた。しゃくり上げ、頭のてっぺんまでローブを引っ張り上げている。

「どうしたんだよ？」ロンがためらいながら聞いた。「ミリセントの鼻かなんか、まだくっついてるのかい？」

ハーマイオニーはローブを下げた。ロンがのけ反って手洗い台に尻からはまった。

ハーマイオニーの顔は黒い毛で覆われ、目は黄色に変わっていて、髪の毛の中から長い三角耳が突き出していた。

「あれ、ね、猫の毛だったの！」ハーマイオニーが泣きわめいた。「ミ、ミリセント・ブルストロードは猫を飼ってたに、ち、ちがいないわ！　それに、このせ、煎（せん）じ薬は動物変身に使っちゃいけないの！」

「う、わっ」とロン。

「あんた、ひどぉくからかわれるわよ」マートルはうれしそうだ。「医務室に連れていってあげるよ。マダム・ポンフリーはうるさく追及しない人だし……」

ハーマイオニーにトイレから出るよう説得するのに、ずいぶん時間がかかった。

「嘆きのマートル」がゲラゲラ大笑いして三人をあおり立て、マートルの言葉に追われるように、三人は足を速めた。

「みんながあんたの尻尾を見つけて、なぁんて言うかしらぁ！」

第13章　重大秘密の日記

ハーマイオニーは数週間医務室に泊まった。クリスマス休暇を終えてもどってきた生徒たちは、当然、だれもがハーマイオニーは襲われたと思ったらしく、彼女の姿が見えないことでさまざまな噂が乱れ飛んだ。ちらりとでも姿を見ようと、医務室の前を入れ代わり立ち代わり往き来するので、マダム・ポンフリーは、毛むくじゃらの顔が人目に触れたら恥ずかしいだろうと、またいつものカーテンを取り出してハーマイオニーのベッドの周囲を覆った。

ハリーとロンは、毎日夕方に見舞いにいった。新学期が始まってからは、毎日その日の宿題を届けた。

「ひげが生えてきたりしたら、僕なら勉強は休むけどなあ」

ある夜ロンは、ハーマイオニーのベッドの脇机に本をひと抱えドサドサと落としながら言った。

「ばかなこと言わないでよ、ロン。遅れないようにしなくちゃ」元気な答えだ。顔の毛がきれいさっぱりなくなり、目も少しずつだが褐色にもどってきていたので、ハーマイオニーの気分もずいぶん前向きになっている。

「なにか新しい手がかりはないの?」

マダム・ポンフリーに聞こえないようにハーマイオニーが声をひそめた。

「なんにも」ハリーは憂鬱な声を出した。

「絶対マルフォイだと睨んでたのになぁ」ロンはその言葉をもう百回は繰り返していた。

「それ、なあに?」

ハーマイオニーの枕の下から金色の物がはみ出しているのを見つけて、ハリーがたずねた。

「ただのお見舞いカードよ」

ハーマイオニーがあわてて押し込もうとしたが、ロンがそれよりすばやく引っ張り出し、さっと広げて声を出して読んだ。

ミス・グレンジャーへ、早くよくなるようお祈りしています。
貴女のことを心配しているギルデロイ・ロックハート教授より
勲三等マーリン勲章、闇の力に対する防衛術連盟名誉会員
『週刊魔女』五回連続チャーミング・スマイル賞受賞

ロンが呆れ果ててハーマイオニーを見た。

「君、こんなもの、枕の下に入れて寝ているのか？」

まさにタイミングよくマダム・ポンフリーが夜の薬を持って威勢よく入ってきたので、ハーマイオニーは言い訳をせずにすんだ。

「ロックハートって、おべんちゃらの最低なやつ！　だよな？」

医務室を出て、グリフィンドール塔へ向かう階段を上りながら、ロンがハリーに言った。

スネイプはものすごい量の宿題を出していたので、やり終える前に六年生になってしまうかもしれない、とハリーは思った。「髪を逆立てる薬」にはネズミの尻尾を何本入れたらいいのか、ハーマイオニーに聞けばよかったとロンが言ったちょうどその

とき、上の階でだれかが怒りを爆発させている声が聞こえてきた。

「あれはフィルチだ」とハリーがつぶやいた。

二人は階段を駆け上がり、立ち止まって身を隠し、じっと耳をすませた。

「だれかまた、襲われたんじゃないよな？」ロンは緊張した。

立ち止まって、首だけを声の方向に傾けると、フィルチのヒステリックな声が聞こえた。

「……また余計な仕事ができた！　一晩中モップをかけるなんて。これでもまだ働き足りんとでも言うのか。たくさんだ。堪忍袋の緒が切れた。ダンブルドアのところにいくぞ……」

足音がだんだん小さくなり、遠くのほうでドアの閉まる音がした。

二人は廊下の曲り角から首を突き出した。フィルチがいつものところに陣取って見張りをしていたことは明らかだ。二人はまたしてもミセス・ノリスが襲われたあの場所にきていた。なぜフィルチが大声を上げていたのか、一目でわかった。おびただしい水が廊下の半分を水浸しにし、その上、「嘆きのマートル」のトイレのドアの下からまだ漏れ出しているようだ。フィルチのさけび声が聞こえなくなったと思ったら、今度はマートルの泣きさけぶ声がトイレの壁にこだましていた。

「マートルにいったいなにがあったんだろう？」ロンが言った。

「行ってみよう」

ハリーはローブの裾を踝まで たくし上げて水でぐしょぐしょの廊下を横切り、トイレの「故障中」の掲示をいつものように無視してドアを開け、中へ入った。

「嘆きのマートル」はいつもよりいっそう大声で——そんな大声が出せるならの話だが——激しく泣きわめいていた。マートルはいつもの便器の中に隠れているようだ。大量の水があふれて床や壁がびっしょりと濡れたせいで蠟燭が消え、トイレの中は暗かった。

「どうしたの？　マートル」ハリーが聞いた。

「だれなの？」マートルは哀れっぽくゴボゴボと言った。「またなにか、わたしに投げつけにきたの？」

ハリーは水溜りを渡り、奥の小部屋まで行き、マートルに話しかけた。

「どうして僕が君になにかを投げつけたりすると思うの？」

「わたしに聞かないでよ」

マートルはそうさけぶと、またもや大量の水をこぼしながら姿を現した。水浸しの床がさらに水をかぶった。

「わたし、ここでだれにも迷惑をかけずに過ごしているのに、わたしに本を投げつけておもしろがる人がいるのよ……」

「だけど、なにかを君にぶつけても、痛くないだろう？　君の体を通り抜けていくだけじゃないの？」

ハリーは理屈に合ったことを言った。

それが大きなまちがいだった。マートルは、我が意を得たりとばかりにふくれ上がってわめいた。

「さあ、マートルに本をぶっつけよう！　大丈夫、あいつは感じないんだから！　腹に命中すれば一〇点！　頭を通り抜ければ五〇点！　そうだ、ハ、ハ、ハ！　なんてゆかいなゲームだ――。どこがゆかいだって言うのよ！」

「いったいだれが投げつけたの？」ハリーがたずねた。

「知らないわ……U字溝(ユージこう)のところに座って、死について考えていたの。そしたら頭のてっぺんを通って、落ちてきたわ」

マートルは二人を睨(にら)みつけた。

「そこにあるわ。わたし、流し出してやった」

マートルが指さす手洗い台の下を、ハリーとロンは探してみた。小さな薄い本が落ちていた。ボロボロの黒い表紙が、トイレの中の他の物と同じようにびしょ濡れだった。ハリーは本を拾おうと一歩踏み出したが、ロンがあわてて腕を伸ばし、ハリーを止めた。

「なんだい？」とハリー。

「気は確かか？　危険かもしれないのに」とロン。

「危険？　よせよ。なんでこんなのが危険なんだ？」ハリーは笑いながら言った。

「見かけによらないんだ」ロンは、不審げに本を見ていた。「魔法省が没収した本の中には——パパが話してくれたんだけど——目を焼いてしまう本があるんだって。それとか、『魔法使いのソネット（十四行詩）』を読んだ人はみんな、死ぬまでばかばかしい詩（うた）の口調でしかしゃべれなくなったり。それにバース市の魔法使いの老人が持ってた本は、読み出すと絶対やめられないんだ。本に没頭したっきりで歩き回り、なにをするにも片手でしなくちゃならなくなるんだって。それから——」

「もういいよ、わかったよ」ハリーが言った。

床に落ちている小さな本は、水浸しで、なにやら得体が知れなかった。

「だけど、見てみないと、どんな本かわからないだろう」

ハリーは、ロンの制止をひょいとかわして、本を拾い上げた。

それは日記だった。ハリーには一目でわかった。表紙の文字は消えかけているが、五十年前の物だとわかる。ハリーはすぐに開けてみた。最初のページに名前がやっと読み取れる。

――T・M・リドル――

インクが滲んでいる。

「ちょっと待ってよ」

用心深く近づいてきたロンが、ハリーの肩越しに覗き込んだ。

「この名前、知ってる……T・M・リドル。五十年前、学校から『特別功労賞』をもらった人だ」

「どうしてそんなことまで知ってるの?」ハリーは感心した。

「だって、処罰を受けたとき、フィルチに五十回以上もこいつの盾を磨かされたんだ」ロンは恨みがましく言った。「ナメクジのゲップを引っかけちゃった、あの盾だよ。名前のところについたあのネトネトを一時間も磨いてりゃ、いやでも名前を覚えるさ」

ハリーは濡れたページをはがすようにそっとめくっていった。なにも書かれていなかった。どのページにも、なにかを書いたような形跡はまったくなかった。たとえば、「メイベルおばさんの誕生日」とか、「歯医者三時半」とかさえない。

「この人、日記になんにも書かなかったんだ」ハリーはがっかりした。

「だれかさんは、どうしてこれをトイレに流してしまいたかったんだろう……」

ロンが興味深げに言った。

裏表紙には、ロンドンのボグゾール通りにある新聞・雑誌店の名前が印刷してあるのが、ハリーの目に止まった。

「この人、マグルの出身にちがいない。ボグゾール通りで日記を買っているんだから……」ハリーは考え深げに言った。

「そうだね、君が持ってても役に立ちそうにないよ」

そう言ったあとでロンは声を低くした。

「マートルの鼻に命中すれば五〇点」

だが、ハリーはそれをポケットに入れた。

二月のはじめには、ハーマイオニーがひげなし尻尾（しっぽ）なし顔の毛もなしになって、退院した。グリフィンドール塔に帰ってきたその夜、ハリーはT・M・リドルの日記を見せ、それを見つけたときの経緯を話した。

「うわぁ、もしかしたらなにか隠れた魔力があるのかもよ」

ハーマイオニーは興味津々で日記を手に取り、詳細に調べた。

「魔力を隠してるんだとしたら、完璧に隠し切ってるよ。恥ずかしがり屋かな。ハリー、そんなもの、なんで捨ててしまわないのか、僕にはわからないな」

「だれかが、どうしてこれを捨てようとしたのか、それが知りたいんだよ」ハリーは答えた。「リドルがどうして『ホグワーツ特別功労賞』をもらったかも知りたいしね」

「そりゃ、なんでもありさ。O・W・L(ふくろう)の試験で三十科目も受かったとか、大イカに捕まった先生を救ったとか。極端な話、もしかしたらマートルを死なせてしまったのかもしれないぞ。それがみんなのためになったとか……」

しかしハリーは、じっと考え込んでいるハーマイオニーの表情から、自分と同じことを考えているのがわかった。

「なんだよ?」その二人の顔を交互に見ながらロンが言った。

「ほら、『秘密の部屋』は五十年前に開けられただろう?」ハリーが言った。「マルフォイがそう言ったよね」

「うーん……」ロンはまだ飲み込めていない。

「そして、この日記は五十年前の物なのよ」

ハーマイオニーが興奮してトントンと日記をたたいた。

「それが?」

「なによ、ロン。目を覚ましなさい」

ハーマイオニーがぴしりと言った。

『秘密の部屋』を開けた人が五十年前に学校から追放されたことは知ってるでしょう。T・M・リドルが五十年前『特別功労賞』をもらったことも知ってるわよね。それなら、もしリドルがスリザリンの継承者を捕まえたことで、賞をもらったとしたらどう? この日記はすべてを語ってくれるかもしれないわ。『部屋』がどこにあるのか、どうやって開けるのか、その中にどんな生き物が住んでいるのか。今回の襲撃事件の背後にいる人物にとっては、日記がそのへんに転がっていたら困るでしょ?」

「そいつはすばらしい論理だよ、ハーマイオニー」ロンが混ぜっ返した。「だけど、ほんのちょっとちっちゃな穴がある。日記にはなぁんも書かれてない」

しかし、ハーマイオニーは鞄の中から杖を取り出した。

「透明インクかもしれないわ!」ハーマイオニーはつぶやいた。

日記を三度軽くたたき「アパレシウム! 現れよ!」と唱えた。

何事も起きない。だがハーマイオニーは怯(ひる)むことなく鞄の中にぐいっと手を突っ込むと、真っ赤な消しゴムのような物を取り出した。

「『現(あらわ)れゴム』よ。ダイアゴン横丁で買ったの」

一月一日のページをゴシゴシこすった。なにも起こらない。

「だから言ってるじゃないか。なにも見つかるはずないよ」ロンが言った。「リドルはクリスマスに日記帳をもらったけど、なんにも書く気がしなかったんだ」

なぜリドルの日記を捨ててしまわないのか、ハリーは自分でもうまく説明ができなかった。なにも書いてないことは百も承知なのに、ふと気がつくとハリーは何気なく日記を取り上げて白紙のページをめくっていることが多かった。まるで最後まで読み終えてしまいたい物語かなにかのように。

T・M・リドルという名前は、一度も聞いたことがないのに、なぜか知っているような気がした。リドルが幼いときの友達で、ほとんど記憶のかなたに行ってしまった名前のような気さえした。しかし、そんなことはありえない。ホグワーツにくる前は、だれ一人友達などいなかった。ダドリーのせいで、それだけは確かだ。

それでも、ハリーはリドルのことをもっと知りたいと、強くそう願った。そこで次の日、休憩時間にリドルの「特別功労賞」を調べようと、トロフィー室に向かった。興味津々のハーマイオニーと、「あの部屋は、もう一生見たくないくらい十分見た」と言う不承不承のロンも一緒だった。

リドルの金色の盾（たて）は、ピカピカに磨かれ、部屋の隅の飾り棚の奥に収まっていた。なぜそれが与えられたのか、詳しいことはなにも書かれていない――「そのほうがいいんだ。なんか書いてあったら、盾がもっと大きくなるから、きっと僕はいまでもこれを磨いてただろうよ」とロン――。リドルの名前は「魔術優等賞」の古いメダルと、首席名簿の中にも見つかった。

「パーシーみたいなやつらしいな」

ロンは鼻にしわを寄せ、むかついたような言い方をした。

「監督生（かんとくせい）、首席――たぶんどの科目でも一番か」

「なんだかそれが悪いことみたいな言い方ね」

ハーマイオニーが少し傷ついたような声で言った。

淡い陽光がホグワーツを照らす季節がふたたび巡ってきた。城の中には、わずかに明るいムードが漂いはじめた。ジャスティンと「ほとんど首無しニック」の事件以来、だれも襲われてはいなかったからだ。マンドレイクが情緒不安定で隠し事をするようになったと、マダム・ポンフリーがうれしそうに報告した。急速に思春期に入るところというわけだ。

「にきびがきれいになくなったら、すぐ二度目の植え換えの時期ですからね。そのあとは、刈り取って、トロ火で煮るまで、もうそんなに時間はかかりません。ミセス・ノリスはもうすぐもどってきますよ」

ある日の午後、マダム・ポンフリーがフィルチにやさしくそう言っているのを、ハリーは耳にした。

おそらくスリザリンの継承者は、腰砕けになったのだろう、とハリーは考えた。学校中がこんなに神経を尖らせて警戒している中で、「秘密の部屋」を開けることはだんだん危険になってきたにちがいない。どんな怪物かは知らないが、いまや静かになって、ふたたび五十年の眠りについたのかもしれない……。

しかし、ハッフルパフのアーニー・マクミランはそんな明るい見方はしていなかった。いまだにハリーを犯人だと確信していて、決闘クラブでハリーが正体を現したのだと言い張っていた。

ピーブズも状況を悪くする一方だ。人が大勢いる廊下にポンと現れ、「♪オー、ポッター、いやなやつだ——……」といまや歌に合わせた振りつけで踊る始末だった。

ギルデロイ・ロックハートは、自分が襲撃事件をやめさせたと考えているらしかった。グリフィンドール生が、「変身術」の教室の前で列を作って待っているときに、ロックハートがマクゴナガル先生にそう言っているのを、ハリーは小耳に挟んだ。

「ミネルバ、もうやっかいなことはないと思いますよ」

わけ知り顔でトントンと自分の鼻をたたき、ウィンクしながらロックハートが言った。

「今度こそ部屋は、永久に閉ざされましたよ。犯人は、私に捕まるのは時間の問題だと観念したのでしょう。私にコテンパンにやられる前にやめたとは、なかなかの利口者ですな」

「そう、いま、学校に必要なのは、気分を盛り上げることですよ。先学期のいやな思い出を一掃しましょう！　いまはこれ以上申し上げませんけどね、まさにこれだ、という考えがあるんですよ……」

ロックハートはもう一度鼻をたたいて、すたすたと歩き去った。

ロックハートの言う気分盛り上げがなにか、二月十四日の朝食時に明らかになった。前夜遅くまでクィディッチの練習をしていたハリーは、寝不足のまま少し遅れて大広間に入った。一瞬、部屋をまちがえたか、と思った。壁という壁がけばけばしい大きなピンクの花で覆われ、おまけに淡いブルーの天井からはハート型の紙吹雪が舞っていた。グリフィンドールのテーブルに行くと、ロンが吐き気を催しそうな顔をして座っていた。ハーマイオニーは、クスクス笑いを抑え切れない様子だった。

「これ、何事?」

ハリーはテーブルに着き、ベーコンから紙吹雪を払いながら二人に聞いた。ロンが口をきくのもアホらしいという顔で、教職員テーブルを指さした。部屋の飾りにマッチした、けばけばしいピンクのローブを着たロックハートが、手を挙げて「静粛に」と合図しているところだった。ハリーの席から見ると、ロックハートの両側に並ぶ先生方は、石のように無表情だった。マクゴナガル先生の頬はひくひくと痙攣し、スネイプはたったいまだれかに大ビーカーになみなみと「骨生え薬」を飲まされたばかりという顔をしていた。

「バレンタインおめでとう!」ロックハートはさけんだ。「いままでのところ四十六人のみなさんが私にカードをくださいました。ありがとう! そうです。みなさんをちょっと驚かせようと、私がこのようにさせていただきました。――しかも、これがすべてではありませんよ！」

ロックハートがポンと手をたたくと、玄関ホールに続くドアから無愛想な顔をした小人が十二人ぞろぞろ入ってきた。それもただの小人ではない。ロックハートが全員に金色の翼をつけ、竪琴を持たせていた。

「私の愛すべき配達キューピッドです！」ロックハートがにっこり笑った。

「今日は学校中を巡回して、みなさんのバレンタイン・カードを配達します。そしてお楽しみはまだまだこれからですよ！　先生方もこのお祝いのムードにはまりたいと思っていらっしゃるはずです！　さあ、スネイプ先生に『愛の妙薬』の作り方を見せてもらってはどうです！　ついでにフリットウィック先生ですが、『魅惑の呪文』については、私が知っているどの魔法使いよりもよくご存知です。素知らぬ顔して憎いですね！」

フリットウィック先生はあまりのことに両手で顔を覆い、スネイプのほうは、「『愛の妙薬』をもらいにきた最初のやつには、毒薬をむりやり飲ませてやる」という顔をしていた。

「ハーマイオニー、頼むよ。君まさか、その四十六人に入ってないだろうな」

大広間から最初の授業に向かう廊下で、ロンが聞いた。ハーマイオニーは急に、時間割はどこかしらと鞄の中を夢中になって探しはじめ、答えようとしなかった。

小人たちは一日中教室に乱入し、バレンタイン・カードを配って、先生たちをうんざりさせた。午後も遅くなって、グリフィンドール生が「妖精の呪文」教室に向かって階段を上がっているとき、小人がハリーを追いかけてきた。

「おー、あなたにです！　アリー・ポッター」

とびきりしかめ面の小人がそうさけびながら、人の群れを肘で押しのけてハリーに近づいた。

一年生が並んでいる真ん前で、しかもジニー・ウィーズリーもたまたまその中にいるのにカードを渡されたらたまらないと、全身火の出るほど熱くなったハリーは逃げようとした。

ところが小人は、そこいら中の人の向こう脛を蹴飛ばして、ハリーがほんの二歩も歩かないうちに前に立ちふさがった。

「アリー・ポッターに、直々にお渡ししたい歌のメッセージがあります」と、小人はまるで脅すように竪琴をビュンビュンかき鳴らした。

「ここじゃだめだよ」ハリーは逃げようとして、歯を食いしばって言った。

「動くな！」小人は鞄をがっちり捕まえてハリーを引きもどし、うなるように言った。

「放して！」ハリーが鞄をぐいっと引っ張り返しながらどなった。

ビリビリと大きな音がして、ハリーの鞄は真っ二つに破れた。本、杖、羊皮紙、羽根ペンが床に散らばり、インク壺が割れて、その上に飛び散った。

小人が歌い出す前にと、ハリーは走り回って拾い集めたが、廊下は渋滞して人だかりができた。

「なにをしてるんだい？」

ドラコ・マルフォイの冷たく気取った声がした。ハリーは破れた鞄にがむしゃらになにもかも突っ込み、マルフォイに歌のメッセージを聞かれる前に逃げ出そうと必死だった。

「この騒ぎはいったい何事だ？」

また聞き慣れた声がした。パーシー・ウィーズリーのご到着だ。

頭の中が真っ白になり、ハリーはともかく一目散に逃げ出そうとした。しかし小人はハリーの膝のあたりをしっかとつかみ、ハリーは床にバッタリ倒れた。

「これでよし」小人はハリーの足首の上に座り込んだ。「あなたに、歌うバレンタインです」

♪あなたの目は緑色、青いカエルの新漬のよう
あなたの髪は真っ黒、黒板のよう
あなたがわたしのものならいいのに。あなたは素敵
闇の帝王を征服した、あなたは英雄

この場で煙のように消えることができるなら、グリンゴッツにある金貨を全部やってもいい――。勇気を振りしぼってみなと一緒に笑ってみせ、ハリーは立ち上がった。小人に乗っかられて、足がしびれていた。笑いすぎて涙が出ている生徒もいる。

そんな見物人を、パーシー・ウィーズリーがなんとか追い散らしてくれた。

「さあ、もう行った、行った。ベルは五分前に鳴った。すぐ教室に入れ」

パーシーはシッシッと下級生たちを追い立てた。

「マルフォイ、君もだ」

ハリーがちらりと見ると、マルフォイがかがんでなにかを引ったくったところだった。マルフォイは横目でこっちを見ながら、クラッブとゴイルにそれを見せている。

ハリーはそれがリドルの日記だと気がついた。

「それは返してもらおう」ハリーが静かに言った。

「ポッターはいったいこれになにを書いたのかな？」

マルフォイは表紙の年号に気づいてはいないらしい。ハリーの日記だと思い込んでいる。見物人もしんとしてしまっている。ジニーは顔を引きつらせて、日記とハリーの顔を交互に見つめている。

「マルフォイ、それを渡せ」パーシーが厳しく言った。

「ちょっと見てからだ」マルフォイは嘲るようにハリーに日記を振りかざした。

パーシーがさらに言った。「本校の監督生として――」しかし、ハリーはもうがまんがならなかった。杖を取り出し、一声さけんだ。

「エクスペリアームス！　武器よ去れ！」

スネイプがロックハートの武器を取り上げたときと同じように、日記はマルフォイの手を離れ、宙を飛んだ。ロンが満足げににっこりとそれを受け止めた。

「ハリー！」パーシーの声が飛んだ。「廊下での魔法は禁止だ。これは報告しなくてはならない。いいな！」

ハリーはどうでもよかった。マルフォイより一枚上手に出たんだ。グリフィンドールからいつ五点引かれようと、それだけの価値がある。マルフォイは怒り狂っていた。ジニーが教室に行こうとマルフォイのそばを通ったとき、その後ろからわざと意地悪くさけんだ。

「ポッターは、君のバレンタインが気に入らなかったみたいだぞ」

ジニーは両手で顔を覆い、教室へ走り込んだ。歯をむき出し、ロンが杖を取り出したが、それはハリーが押し止めた。「妖精の呪文」の授業の間中、ナメクジを吐き続けると気の毒だ。

フリットウィック先生の教室に着いてはじめて、ハリーはリドルの日記がなにか変だと気づいた。ハリーの本はどれも赤インクで染まっている。インク壺が割れていやというほどインクをかぶったからだ。それなのに、日記は何事もなかったかのように以前のままだ。ロンにそれを教えようとしたが、ロンはまたまた杖にトラブルがあったらしく、先端から大きな紫色の泡が次々と花のように咲き、ほかのことに興味を示すどころではなかった。

その夜、ハリーは同室のだれよりも先にベッドに入った。一つにはフレッドとジョージが「♪あなたの目は緑色、青いカエルの新漬のよう」と何度も歌うのがうんざりだったこともあるが、なによりリドルの日記をもう一度調べてみたかったからだ。ロンにもちかけても、そんなことは時間のむだだと言うにちがいない。

ハリーは天蓋つきベッドに座り、なにも書いていないページをパラパラとめくってみた。どのページにも赤インクの染み一つない。ベッド脇の物入れから、新しいインク壷を取り出して羽根ペンを浸し、日記の最初のページにポツンと落としてみた。

インクは紙の上で一瞬明るく光ったが、まるでページに吸い込まれるように消えていった。胸をドキドキさせ、羽根ペンをもう一度つけて書いてみた。

「僕はハリー・ポッターです」

文字は一瞬紙の上で輝いたかと思うと、またもや、あとかたもなく消えてしまった。そして、ついに思いがけないことが起こった。

そのページから、いま使ったインクが滲み出してきて、ハリーが書いてもいない文字が現れたのだ。

「こんにちは、ハリー・ポッター。僕はトム・リドルです。君はこの日記をどんなふうにして見つけたのですか」

この文字も薄くなっていったが、その前にハリーは返事を走り書きした。

「だれかがトイレに流そうとしていました」

リドルの返事が待ち切れない気持ちだった。

「僕の記憶を、インクよりずっと長持ちする方法で記録しておいたのは幸いでした。しかし、僕はこの日記が読まれたら困る人たちがいることを、はじめから知っていました」

「どういう意味ですか？」

ハリーは興奮のあまりあちこち染みをつけながら書きなぐった。

「この日記には恐ろしい記憶が記されているのです。覆い隠されてしまった、ホグワーツ魔法魔術学校で起きた出来事が」

「僕はいまそこにいるのです」ハリーは急いで書いた。「ホグワーツにいるのです。恐ろしいことが起きています。『秘密の部屋』についてなにかご存知ですか？」

心臓が高鳴った。リドルの答えはすぐに返ってきた。知っていることをすべて、急いで伝えようとしているかのように、文字も乱れてきた。

「もちろん、『秘密の部屋』のことは知っています。僕の学生時代、それは伝説だ、存在しないものだと言われていました。でもそれは嘘だったのです。僕が五年生のとき、部屋が開けられ、怪物が数人の生徒を襲い、とうとう一人が殺されました。僕は、『部屋』を開けた人物を捕まえ、その人物は追放されました。校長のディペット先生は、ホグワーツでそのようなことが起こったことを恥ずかしく思い、僕が真実を語ることを禁じました。死んだ少女については、なにかめったにない事故で死んだという話が公表されました。僕の苦労に対する褒美として、キラキラ輝く素敵なトロフィーに名を刻み、それを授与する代わりに固く口を閉ざすよう忠告されました。しかし、僕はふたたび事件が起こるであろうことを知っていました。怪物はそれからも生き続けましたし、それを解き放つ力を持つ人物は投獄されなかったのです」

急いで書かなくてはと焦ったハリーは、危うくインク壷をひっくり返しそうになった。

「いま、またそれが起きているのです。三人も襲われ、事件の背後にだれがいるのか、見当もつきません。前のときはいったいだれだったのですか？」

「お望みならお見せしましょう」。リドルの答えだった。

「僕の言うことを信じる信じないは自由です。僕が犯人を捕まえた夜の思い出の中に、あなたをお連れすることができます」

羽根ペンを日記の上にかざしたまま、ハリーはためらっていた。――リドルはいったいなにを言っているのだろう？　他の人の思い出の中にハリーをどうやって連れていくのだろう――。ハリーは寝室の入口を、ちらりと落ち着かない視線で眺めた。部屋がだんだん暗くなってきていた。ハリーが日記に視線をもどすと、新しい文字が浮かび出てきた。

「お見せしましょう」

ほんの一瞬のためらいの後、ハリーは二つの文字を書いた。

「OK」

日記のページがまるで強風にあおられたようにパラパラとめくられ、六月の中ほどのページで止まった。六月十三日と書かれた小さな枠が、小型テレビの画面のようなものに変わっていた。ハリーはポカンと口を開けて見とれた。少し震える手で本を取り上げ、ハリーが小さな画面に目を押しつけた。なにがなんだかわからないうちに体がぐうっと前のめりになり、画面が大きくなり、体がベッドを離れ、ページの小窓から真っ逆さまに投げ入れられる感じがした――色と影の渦巻く中へ――。

ハリーは両足が固い地面に触れたような気がして、震えながら立ち上がった。するとまわりのぼんやりした物影が、突然はっきり見えるようになった。

自分がどこにいるのか、ハリーにはすぐわかった。居眠り肖像画の掛かっている円形の部屋は、ダンブルドアの校長室だ。――しかし、机の向こうに座っているのはダンブルドアではなかった。しわくちゃで弱々しい小柄な老人が、ぽつぽつと白髪の残る禿頭を見せて、蠟燭の灯りで手紙を読んでいた。ハリーが一度も会ったことのない魔法使いだった。

「すみません」ハリーは震える声で言った。「突然お邪魔するつもりはなかったんですが……」

しかし、その魔法使いは下を向いたまま、少し眉をひそめて読み続けている。ハリーは少し机に近づき、つっかえながら言った。

「あのう、僕、すぐに失礼したほうが？」

それでも無視され続けた。どうもハリーの言うことが聞こえていないようだ。耳が遠いのかもしれないと思い、ハリーは声を張り上げた。

「お邪魔してすみませんでした。すぐ失礼します」ほとんどどなるように言った。

その魔法使いはため息をついて羊皮紙の手紙を丸め、立ち上がり、ハリーには目もくれずにそばを通り過ぎて窓のカーテンを閉めた。窓の外はルビーのように真っ赤な空だ。夕陽が沈むところらしい。老人は机にもどって椅子に腰掛け、手を組み、親指をもてあそびながら入口の扉を見つめている。

ハリーは部屋を見回した。不死鳥のフォークスもいない。くるくる回る銀の仕掛け装置もない。これはリドルの記憶の中のホグワーツだ。つまりダンブルドアではなく、この見知らぬ魔法使いが校長なのだ。そして自分はせいぜい幻のような存在で、五十年前の人たちにはまったく見えないのだ。

だれかが扉をノックした。

「お入り」老人が弱々しい声で言った。

十六歳くらいの少年が入ってきて、三角帽子を脱いだ。銀色の監督生バッジが胸に光っている。ハリーよりずっと背が高かったが、この少年も真っ黒の髪だった。

「ああ、リドルか」校長先生は言った。

「ディペット先生、なにかご用でしょうか?」リドルは緊張しているようだった。

「お座りなさい。ちょうど君がくれた手紙を読んだところじゃ」

「あぁ」と言ってリドルは座った。両手を固くにぎり合わせている。

「リドル君」ディペット先生がやさしく言った。「夏休みの間、君を学校に置いてあげることはできないんじゃよ。休暇には、家に帰りたいじゃろう?」

「いいえ」リドルが即座に答えた。「僕はむしろホグワーツに残りたいんです。その――あそこに帰るより――」

「君は休暇中はマグルの孤児院で過ごすと聞いておるが?」

ディペットは興味深げにたずねた。

「はい、先生」リドルは少し赤くなった。

「君はマグル出身かね？」

「ハーフです。父はマグルで、母が魔女です」

「それで――ご両親は？」

「母は僕が生まれて間もなく亡くなりました――僕に名前をつけるとすぐに。孤児院でそう聞きました。父の名を取ってトム、祖父の名を取ってマールヴォロです」

ディペット先生はなんとも痛ましいというようにうなずいた。

「しかしじゃ、トム」先生はため息をついた。「特別の措置を取ろうと思っておったが、いまのこの状況では……」

「先生、襲撃事件のことでしょうか？」リドルがたずねた。

ハリーの心臓が躍り上がった。一言も聞き漏らすまいと、近くに寄った。

「そのとおりじゃ。わかるじゃろう？　この学期後に君がこの城に残るのを許すのは、どんなに愚かしいことか。とくに、先日のあの悲しい出来事を考えると……。かわいそうに、女子生徒が一人死んでしもうた……。孤児院にもどっていたほうがずっと安全なんじゃよ。実を言うと、魔法省はいまや、この学校を閉鎖することさえ考えておる。我々はその一連の不愉快な事件の怪――あー――源を突き止めることができん……」

リドルは目を大きく見開いた。

「先生――もしその何者かが捕まったら……もし事件が起こらなくなったら……」

「どういう意味かね？」

ディペット先生は椅子に座りなおし、身を起こして上ずった声で言った。

「リドル、なにかこの襲撃事件について知っているとでも言うのかね？」

「いいえ、先生」リドルがあわてて答えた。

ハリーにはこの「いいえ」が、ハリー自身がダンブルドアに答えた「いいえ」と同種のものだ、とすぐ理解できた。

かすかに失望の色を浮かべながら、ディペット先生はまた椅子に座り込んだ。

「トム、もう行ってよろしい……」

リドルはすっと椅子から立ち上がり、重い足取りで部屋を出た。ハリーはあとについていった。

動く螺旋(らせん)階段を降り、二人は廊下の怪獣像(ガーゴイル)の脇に出た。暗くなりかけていた。リドルが立ち止まったのでハリーも止まって、リドルを見つめた。リドルがなにか深刻な考え事をしているのがハリーにもよくわかった。リドルは唇を噛(か)み、額(ひたい)にしわを寄せている。それから突然何事かを決心したかのように、急いで歩き出した。ハリーは音もなく滑るようにリドルについていった。玄関ホールまでだれにも会わなかったが、そこで長いふさふさした鳶色の髪とひげを蓄えた、背の高い魔法使いが大理石の階段の上からリドルを呼び止めた。

「トム、こんな遅くに歩き回って、なにをしているのかね？」

ハリーはその魔法使いをじっと見た。いまより五十歳若いダンブルドアにちがいない。

「はい、先生、校長先生に呼ばれましたので」リドルが言った。

「それでは、早くベッドにもどりなさい」

ダンブルドアは、ハリーがよく知っている、あの心の中まで見透すようなまなざしでリドルを見つめた。

「いまは廊下を歩き回らないほうがよい。例の事件以来……」

ダンブルドアは大きくため息をつき、リドルに「おやすみ」と言ってその場を立ち去った。

リドルはその姿が見えなくなるまで見ていたが、それから急いで石段を下り、まっすぐ地下牢に向かった。ハリーも必死に追跡した。

しかし残念なことに、リドルは隠れた通路や秘密のトンネルに行ったのではなく、スネイプが「魔法薬学」の授業で使う地下牢教室に入った。松明は点いておらず、リドルが教室のドアをほとんど完全に閉めてしまったので、ハリーにはリドルの姿がやっと見えるだけだった。リドルはドアの陰に立って、身じろぎもせず外の通路に目を凝らしている。

少なくとも一時間はそうしていたような気がする。ハリーの目には、ドアの隙間から目を凝らし、銅像のようにじっとなにかを待っているリドルの姿が見えるだけだった。期待も萎え、緊張も緩みかけて「現在」にもどりたいと思いはじめたちょうどそのとき、ドアの向こうでなにかが動く気配がした。

だれかが忍び足で通路を歩いてきた。いったいだれなのか、リドルと自分が隠れている地下牢教室の前を通り過ぎる音がした。リドルはまるで影のように静かに、するりとドアからにじり出て跡をつけた。ハリーもだれにも聞こえるはずがないことを忘れて、抜き足差し足でリドルのあとに続いた。

五分も経ったろうか。二人は足音に従って歩いたが、リドルが急に止まり、なにか別の物音のする方角に顔を向けた。ドアがギーッと開き、だれかがしわがれ声でささやいているのが、ハリーの耳に聞こえてきた。

「おいで、ほら……おまえさんをこっから出さなきゃなんなくなった……。さあ、こっちへ……。この箱の中に……」

聞き覚えがある声だった。

リドルが物陰から突然飛び出した。ハリーもあとについて出た。どでかい少年の暗い影のような輪郭が見えた。大きな箱をかたわらに置き、開け放したドアの前にしゃがみ込んでいる。

「こんばんは、ルビウス」リドルが鋭く言った。

少年はドアをバタンと閉めて立ち上がった。

「トム。こんなところでおまえさん、なにしてる？」

リドルが一歩近寄った。

「観念するんだ」リドルが言った。「ルビウス、僕は君を突き出すつもりだ。襲撃事件がやまなければ、ホグワーツ校が閉鎖される話まで出ているんだ」

「なんが言いてえのか――」

「君がだれかを殺そうとしたとは思わない。だけど怪物は、ペットとしてふさわしくない。たぶん君は運動させようとして、ちょっと放したんだろうが、それが――」

「こいつはだれも殺してねぇ！」

どでかい少年はいま、閉めたばかりのドアのほうへ後ずさりした。その少年の背後から、ガサゴソカチカチという奇妙な音がした。

「さあ、ルビウス」リドルはもう一歩詰め寄った。

「死んだ女子生徒のご両親が、明日学校にくる。娘さんを殺したやつを確実に始末すること。学校として、少なくともそれだけはできる」

「こいつがやったんじゃねぇ！」少年がわめく声が、暗い通路にこだました。

「こいつにできるはずねぇ！　絶対やっちゃいねぇ！」

「どいてくれ」リドルは杖を取り出した。

リドルの呪文は突然燃えるような光で廊下を照らした。どでかい少年の背後のドアがものすごい勢いで開き、ルビウスと呼ばれた少年は反対側の壁まで吹き飛ばされた。中から出てきた物を見たとたん、ハリーは思わず鋭い悲鳴を漏らした。――自分にしか聞こえない長い悲鳴を――。

毛むくじゃらの巨大な胴体が、低い位置に吊り下げられている。からみ合った黒い肢、ギラギラ光るたくさんの眼、剃刀のように鋭い鋏――。

リドルがもう一度杖を振り上げたが、遅かった。その生き物はリドルを突き転がしてガサゴソと大急ぎで廊下を逃げていき、姿を消した。リドルはすばやく起き上がり、後ろ姿を目で追い、杖を振り上げた。

「やめろおおおおぉぉ！」どでかい少年がリドルに飛びかかり、杖を引ったくり、リドルをまた投げ飛ばした。

場面がぐるぐる旋回し、真っ暗闇になった。ハリーは自分が落ちていくのを感じた、そして、ドサリと着地した。ハリーは、グリフィンドールの寝室の天蓋つきベッドの上に大の字になっていた。リドルの日記は腹の上に開いたまま載っていた。息をはずませている最中に、寝室のドアが開いてロンが入ってきた。

「ここにいたのか」とロン。

ハリーは起き上がった。汗びっしょりでぶるぶる震えていた。

「どうしたの？」とロンが心配そうに聞いた。

「ロン、ハグリッドだったんだ。五十年前に『秘密の部屋』の扉を開けたのは、ハグリッドだったんだ！」

第14章　コーネリウス・ファッジ

ハグリッドが、大きくて怪物のような生き物が好きという困った趣味を持っていることは、ハリー、ロン、ハーマイオニーの三人ともとっくに知っていた。三人が一年生だった去年、ハグリッドは自分の狭い丸太小屋でドラゴンを育てようとしたし、「ふわふわのフラッフィー」と名づけていたあの三頭犬（さんとうけん）のことは、そう簡単に忘れられるものではない。――少年時代のハグリッドが、城のどこかに怪物がひそんでいると聞いたら、どんなことをしてでもその怪物を一目見たいと思ったにちがいない――ハリーはそう思った。

ハグリッドはきっとこう考えたにちがいない――怪物が長い間、狭苦しいところに閉じ込められているなんて気の毒だ。ちょっとの間そのたくさんの肢（あし）を伸ばすチャンスを与えるべきだ――。

十三歳のハグリッドが、怪物に首輪と引き紐をつけようとしている姿が、ハリーには目に浮かぶ。でも、ハグリッドはけっしてだれかを殺そうなどとは思わなかっただろう。――ハリーはこれにも確信があった。

ハリーは、リドルの日記の仕掛けを知らないほうがよかったとさえ思った。ロンとハーマイオニーは、ハリーの見たことを繰り返し聞きたがった。ハリーは、もう二人にはいやというほど話して聞かせた上、そのあとの堂々巡りの議論にもうんざりしていた。

「リドルは犯人をまちがえていたかもしれないわ。みんなを襲ったのは別な怪物だったかもしれない……」ハーマイオニーの意見だ。

「ホグワーツに、いったい何匹怪物がいれば気がすむんだい？」ロンがぼそりと言った。

「ハグリッドが追放されたことは、僕たちもう知ってた。それに、ハグリッドが追い出されてからは、だれも襲われなくなったにちがいない。そうじゃなけりゃ、リドルは表彰されなかったはずだもの」ハリーは惨めな気持ちだった。

ロンにはちがった見方もあった。

「リドルって、パーシーそっくりだ。――そもそもハグリッドを密告しろなんて、

「でも、ロン、だれかが怪物に殺されたのよ」とハーマイオニー。

「それに、ホグワーツが閉鎖されたら、リドルはマグルの孤児院にもどらなきゃならなかった。僕、リドルがここに残りたかった気持ち、わかるな……」とハリーは言った。

ロンは唇を噛み、思いついたように聞いた。

「ねえ、ハリー、君、ハグリッドに『夜の闇横丁』で出会ったって言ったよね?」

「『肉食ナメクジ駆除剤』を買いにきてた」ハリーは急いで答えた。

三人は黙りこくった。ずいぶん長い沈黙のあと、ハーマイオニーがためらいがちに一番言いにくいことを言った。

「ハグリッドのところに行って、全部、聞いてみたらどうかしら?」

「そりゃあ、楽しいお客様になるだろうね」とロンが言った。

「こんにちは、ハグリッド。教えてくれる? 最近城の中で毛むくじゃらの狂暴なやつをけしかけなかった?ってね」

結局三人は、またださかが襲われないかぎり、ハグリッドにはなにも言わないことに決めた。そして何日間かが過ぎていき、「姿なき声」のささやきも聞こえなかった。三人は、ハグリッドがなぜ追放されたか、聞かなくてすむかもしれないと思いはじめていた。

ジャスティンと「ほとんど首無しニック」が石にされてから四か月が過ぎようとしていた。だれが襲ったのかはわからないが、その何者かはもう永久に引きこもってしまったと、みながそう思っているようだった。ピーブズも、やっと「♪オー、ポッター、いやなやつだー」の歌に飽きたようだし、アーニー・マクミランはある日、「薬草学」のクラスで、『飛び跳ね毒キノコ』の入ったバケツを取ってください」と丁寧にハリーに声をかけた。三月にはマンドレイクが何本か、第三号温室で乱痴気パーティを繰り広げた。スプラウト先生はこれで大満足だった。

「マンドレイクがお互いの植木鉢に入り込もうとしたら、完全に成熟したということです」スプラウト先生がハリーにそう言った。「そうなれば、医務室にいる、あのかわいそうな人たちを蘇生させることができますよ」

復活祭の休暇中に、二年生は新しい課題を与えられた。三年生で選択する科目を決める時期がきたのだ。少なくともハーマイオニーにとっては、これは非常に深刻な問題だった。

「わたしたちの将来に全面的に影響するかもしれないのよ」三人で新しい科目のリストになめるように目を通し、選択科目にレ点をつけながら、ハーマイオニーがハリーとロンに言い聞かせた。

「僕、『魔法薬』をやめたいな」とハリー。

「そりゃ、むり」ロンが憂鬱そうに言った。「これまでの科目は全部続くんだ。そうじゃなきゃ、僕は『闇の魔術に対する防衛術』を捨てるよ」

「だってとっても重要な科目じゃないの！」

ハーマイオニーが衝撃を受けたような声を出した。

「ロックハートの教え方じゃ、そうは言えないな。彼からはなんにも学んでないよ。ピクシー小妖精を暴れさせること以外はね」とロンが言い返した。

ネビル・ロングボトムには、親戚中の魔法使いや魔女が、手紙であぁしろこうしろと、勝手な意見を書いてよこした。混乱したネビルは困り果てて、アー、ウーと言いながら舌をちょっと突き出してリストを読み、「数占い」と「古代ルーン文字」のどっちが難しそうかなどと、聞きまくっていた。

ディーン・トーマスはハリーと同じように、マグルの中で育ってきたので、結局目をつぶって杖でリストを指し、杖の示している科目を選んだ。ハーマイオニーはだれからの助言も受けず、全科目を登録した。

——おじのバーノンやおばのペチュニアに、自分の魔法界でのキャリアについて相談を持ちかけたら、どんな顔をするだろう——ハリーは一人で苦笑いをした。かと言って、ハリーがだれからも指導を受けなかったわけではない。パーシー・ウィーズリーが自分の経験を熱心に教えた。

「ハリー、自分が将来、どっちに進みたいかによるんだ。将来を考えるのに、早すぎるということはない。それならまず『占い学』を勧めたいね。『マグル学』なんか選ぶのは軟弱だという人もいるが、僕の個人的意見では、魔法使いたるもの、魔法社会以外のことも完璧に理解しておくべきだと思う。とくに、マグルと身近に接触するような仕事を考えているならね。——僕の父のことを考えてみるといい。四六時中マグル関係の仕事をしている。兄のチャーリーは外でなにかするのが好きなタイプだったから、『魔法生物飼育学』を取った。自分の強みを生かすことだね、ハリー」

強みと言っても、本当に得意なのはクィディッチしか思い浮かばない。結局、ハリーはロンと同じ新しい科目を選んだ。勉強がうまくいかなくても、せめてハリーを助けてくれる友人がいればいいと思ったからだ。

クィディッチの、グリフィンドールの次の対戦相手はハッフルパフだ。ウッドは、夕食後に毎晩練習をすると言い張り、おかげでハリーはクィディッチと宿題以外にはほとんどなにをする時間も取れなかった。とはいえ、練習自体はやりやすくなっていた。少なくとも天気はからっとしていたからだ。土曜日に試合を控えた前日の夕方、ハリーは箒をいったん置きに寮の寝室にもどった。グリフィンドールが寮対抗クィディッチ杯を獲得する可能性は、いまや絶対確実という感じだった。

しかし、楽しい気分はそう長くは続かなかった。寝室にもどる階段の一番上で、パニック状態のネビル・ロングボトムと出会った。

「ハリー――だれがやったんだかわかんない。僕、いま、見つけたばかり――」

ハリーを恐る恐る見ながら、ネビルは部屋のドアを開けた。

ハリーのトランクの中身がそこいら中に散らばっていた。床の上にはマントがずたずたになって広がり、天蓋つきベッドのカバーは剥ぎ取られた上に、ベッド脇の小机の引き出しは引っ張り出されて中身がベッドの上にぶちまけられている。

ハリーはポカンと口を開けたまま『トロールとのとろい旅』のバラバラになったペ

ージを数枚踏みつけてベッドに近寄った。

ネビルと二人で毛布を引っ張って元通りになおしていると、ロン、ディーン、シェーマスが部屋に入ってきた。

「いったいどうしたんだ、ハリー？」ディーンが大声を上げた。

「さっぱりわからない」ハリーは答えた。

ロンはハリーのローブを調べていた。ポケットが全部ひっくり返されている。

「だれかがなにかを探したんだ」ロンが言った。

「なくなってる物はないか？」

ハリーは散らばった物を拾い上げて、トランクに投げ入れはじめた。ロックハートの本の最後の一冊を投げ入れ終わったときに、はじめてなにがなくなっているかがわかった。

「リドルの日記がない」ハリーは声を落としてロンに言った。

「えーっ？」

ハリーは「一緒にきて」とロンに合図して、ドアに向かって急いだ。ロンもあとに続いて部屋を出た。二人がグリフィンドールの談話室にもどると、半数ぐらいの生徒しか残っていなかったが、ハーマイオニーがひとりで椅子に腰掛けて『古代ルーン語のやさしい学び方』を読んでいた。

二人の話を聞いてハーマイオニーは仰天した。

「だって――グリフィンドール生しか盗めないじゃない――ほかの人はだれもここの合言葉を知らないもの……」

「そうなんだ」とハリーも言った。

翌朝目を覚ますと、太陽がキラキラと輝き、さわやかなそよ風が吹いていた。

「申し分のないクィディッチ日和だ！」

朝食の席で、チームメートの皿にスクランブル・エッグを山のように盛りながら、ウッドが興奮した声で言った。

「ハリー、がんばれよ。朝食をちゃんと食っておけよ」

ハリーは、朝食の席にびっしり並んで座っているグリフィンドール生をぐるりと見渡した――もしかしたらハリーの目の前にリドルの日記の新しい持ち主がいるかもしれない。

ハーマイオニーは盗難届を出すように勧めたが、ハリーはそうしたくはなかった。そんなことをすれば、先生に、日記のことをすべて話さなければならなくなる。だいたい五十年前に、ハグリッドが退学処分になったことを知っている者が、何人いると言うのか？　ハリーはそれを蒸し返す張本人にはなりたくなかった。

ロン、ハーマイオニーと三人で大広間を出たハリーは、クィディッチの箒を取りにもどろうとした。そのとき、ハリーの心配の種がまた増えるような深刻な事態が起こった。大理石の階段に足をかけたとたんに、またもやあの声が聞こえたのだ。

「今度は殺す……引き裂いて……八つ裂きにして……」

ハリーはさけび声を上げた。ロンとハーマイオニーは驚いて、同時にハリーのそばから飛び退いた。

「あの声だ！」ハリーは振り返った。「また聞こえた——君たちは？」

ロンが目を見開いたまま首を横に振った。だが、ハーマイオニーはハッとしたように額に手を当てて言った。

「ハリー、私、たったいま思いついたことがあるの。図書室に行かなくちゃ！」

そして、ハーマイオニーは風のように階段を駆け上がっていった。

「なにをいったい思いついたんだろう？」

ハーマイオニーの言葉が気にかかったが、一方でハリーは周囲を見回し、どこから声が聞こえるのか探していた。

「計り知れないね」ロンが首を振り振り言った。

「だけど、どうして図書室なんかに行かなくちゃならないんだろう?」とハリー。

「ハーマイオニー流のやり方だよ」

ロンが肩をすくめて、しようがないだろという仕草をした。

「なにはともあれ、まず図書室ってわけさ」

もう一度あの声を捕らえたいと、ハリーは進むことも引くこともできず、その場に突っ立っていた。そうこうするうちに大広間から次々と人があふれ出てきて、大声で話しながら正面の扉からクィディッチ競技場へと向かって出ていった。

「もう行ったほうがいい」ロンが声をかけた。「そろそろ十一時になる――試合だ」

ハリーは大急ぎでグリフィンドール塔を駆け上がってニンバス２０００を手に取り、ごった返す人の群れに揉まれながら校庭を横切った。しかし、心は城の中の「姿なき声」に囚われたままだ。更衣室で紅色のユニフォームに着替えながらハリーは、クィディッチ観戦でみなが城の外に出ているのがせめてもの慰めだと感じていた。

対戦する二チームが、万雷の拍手に迎えられて入場した。オリバー・ウッドは、ゴールの周囲をひと飛びしてウォームアップを終えると、マダム・フーチが競技用ボールを取り出した。ハッフルパフは、カナリア・イエローのユニフォームで、最後の作戦会議に円陣を組んでいた。

ハリーが箒にまたがったそのとき、巨大な紫色のメガフォンを手に持ったマクゴナガル先生が、ピッチの向こうから行進歩調で腕を大きく振りながら半ば走るようにやってきた。

ハリーの心臓は、石になったようにドシンと落ち込んだ。

「この試合は中止です」

マクゴナガル先生は満員のスタジアムに向かってメガフォンでアナウンスした。野次や怒号が乱れ飛んだ。オリバー・ウッドはガーンと打ちのめされた顔で地上に降り立ち、箒にまたがったままマクゴナガル先生に駆け寄った。

「先生、そんな！」ウッドがわめいた。

「是が非でも試合を……優勝杯が……グリフィンドールの……」

マクゴナガル先生は耳も貸さずにメガフォンでさけび続けた。

「生徒は全員それぞれの寮の談話室にもどりなさい。そこで寮監から詳しい話があります。みなさん、できるだけ急いで！」

マクゴナガル先生はメガフォンを下ろし、ハリーに合図した。

「ポッター、私と一緒にいらっしゃい……」

今度だけは僕を疑えるはずがないのにと訝りながらふと見ると、不満たらたらの生徒の群れを抜け出して、ロンがハリーたちのほうに走ってくる。ハリーはマクゴナガル先生と二人で城に向かうところだったが、驚いたことに先生はロンが一緒でも反対しなかった。

「そう、ウィーズリー、あなたも一緒にきたほうがよいでしょう」

群れをなして移動しながら、三人のまわりの生徒たちは試合中止でブウブウ文句を言ったり心配そうな顔をしたりしていた。ハリーとロンは先生について城に入り、大理石の階段を上がった。しかし、今度はだれかの部屋に連れていかれる様子ではなかった。

「少しショックを受けるかもしれませんが――」

医務室近くまできたとき、マクゴナガル先生が驚くほどのやさしい声で言った。

「また襲われました……今度も二人一緒にです」

ハリーは五臓六腑すべてがひっくり返る気がした。先生はドアを開け、二人も中に入った。

マダム・ポンフリーが、長い巻き毛の六年生の女子生徒の上にかがみ込んでいた。

ハリーたちがスリザリンの談話室への道をたずねた、あのレイブンクローの生徒だと一目でわかった。そして、その隣のベッドには――。

「ハーマイオニー！」ロンがうめき声を上げた。

ハーマイオニーは身動きもせず、見開いた目はガラス玉のようだった。

「二人は図書室の近くで発見されました」マクゴナガル先生が言った。

「二人とも、これがなんだか説明できないでしょうね？　二人のそばの床に落ちていたのですが……」

先生は小さな丸い鏡を手にしていた。

二人とも、ハーマイオニーをじっと見つめながら首を横に振った。

「グリフィンドール塔まであなたたちを送っていきましょう」

マクゴナガル先生は重苦しい口調で言った。

「私(わたくし)も、いずれにせよ生徒たちに説明しないとなりません」

「全校生徒は夕方六時までに、各寮の談話室にもどるように。それ以後はけっして寮を出てはなりません。授業に行くときは、必ず先生が一人引率します。トイレに行くにも必ず先生に付き添ってもらうこと。クィディッチの練習も試合も、すべて延期です。夕方はいっさいクラブ活動をしてはなりません」

　超満員の談話室で、グリフィンドール生は黙ってマクゴナガル先生の話を聞いた。先生は羊皮紙を広げて読み上げたあとで、紙をくるくる巻きながら、少し声を詰まらせた。

「言うまでもないことですが、私はこれほど落胆したことはありません。これまでの襲撃事件の犯人が捕まらないかぎり、学校が閉鎖される可能性もあります。犯人についてなにか心当たりのある生徒は申し出るよう強く望みます」

　マクゴナガル先生は、少しぎこちなく肖像画の裏の穴から出ていった。とたんにグリフィンドール生は話し声を上げはじめた。

「これでグリフィンドール生は二人やられた。寮つきのゴーストを別にしても。レイブンクローが一人、ハッフルパフが一人」

　ウィーズリーの双子兄弟と仲良しの、リー・ジョーダンが指を折って数え上げた。

「先生方はだぁれも気づかないのかな？　スリザリン生はみんな無事だ。今度のことは、全部スリザリンに関係してるって、だれにだってわかりそうなもんじゃないか？　スリザリンの継承者、スリザリンの怪物——どうしてスリザリン生を全部追い出さないんだ？」

リーの大演説にみながうなずき、パラパラと拍手が起こった。リーの後ろの椅子に座っていたパーシー・ウィーズリーは、いつもと様子がちがい、自分の意見を聞かせたいという気がないようだった。蒼い顔で、声もなくぼうっとしている。

「パーシーはショックなんだ」ジョージがハリーにささやいた。

「あのレイブンクローの子――ペネロピー・クリアウォーター――監督生なんだ。パーシーは、怪物が監督生を襲うなんてけっしてないと思ってたんだろうな」

しかしハリーは半分しか聞いていなかった。石の彫刻のように横たわっているハーマイオニーの姿が、目にこびりついて離れない。犯人が捕まらなかったら、ハリーは一生ダーズリー一家と暮らすはめになる。トム・リドルは、学校が閉鎖されたらマグルの孤児院で暮らすはめになっただろう。だからハグリッドのことを密告したのだ。トム・リドルの気持ちが、いまのハリーには痛いほどわかる。

「どうしたらいいんだろう？」ロンがハリーの耳元でささやいた。

「ハグリッドが疑われると思うかい？」

「ハグリッドに会って話さなくちゃ」ハリーは決心した。

「今度はハグリッドだとは思わない。でも、前に怪物を解き放したのが彼だとすれば、どうやって『秘密の部屋』に入るのかを知ってるはずだ。それが糸口だ」
「だけど、マクゴナガルが、授業以外には寮の塔から出るなって——」
「いまこそ」ハリーが一段と声をひそめた。「父さんのあのマントを、また使うときだと思う」

ハリーが父親から受け継いだたった一つの物、それは、長い銀色に光る「透明マント」だった。だれにも知られずにこっそり学校を抜け出し、ハグリッドを訪ねるにはそれしかない。二人はいつもの時間にベッドに入り、ネビル、ディーン、シェーマスがようやく「秘密の部屋」の討論をやめて寝静まったのを確認した後に起き上がり、ローブを着なおして「透明マント」をかぶった。

暗い、人気のない城の廊下を歩き回るのは楽しいとは言えなかった。ハリーは前にも何度か夜、城の中をさまよったことがあったが、日没後にこんな込み合っている城を見るのははじめてだった。先生や監督生、ゴーストなどが二人ずつ組になって、不審な動きはないかと周囲に目を光らせていた。「透明マント」は二人の物音までは消してくれない。とくに危なかったのが、ロンがつまずいたときだった。ほんの数メートル先にスネイプが見張りに立っていた。うまい具合に、ロンの「コンチキショー」

という悪態と、スネイプのくしゃみがまったく同時だった。正面玄関にたどり着き、樫の扉をそっと開けたとき、二人はやっとほっとした。

星の輝く明るい夜だった。ハグリッドの小屋の灯りをめざして二人は急いだ。小屋のすぐ前まできて、二人は「マント」を脱いだ。

戸をたたくと、すぐにハグリッドがバタンと戸を開けた。真正面にぬっと現れたハグリッドは二人に石弓を突きつけていた。ボアハウンド犬のファングが後ろで吠えたてている。

「おぉ」ハグリッドは武器を下ろして、二人をまじまじと見た。

「二人ともこんなとこでなんしとる？」

「それ、なんのためなの？」二人は小屋に入りながら石弓を指さした。

「なんでもねぇ……なんでも」ハグリッドはもごもごロごもる。

「ただ、もしかすると……うんにゃ……座れや……茶、入れるわい……」

ハグリッドは上の空だった。ヤカンから水をこぼして暖炉の火を危うく消しそうになったり、いかつい手を神経質に動かしたはずみでポットを粉々に割ってしまったりした。

「ハグリッド、大丈夫？」ハリーが声をかけた。

「ハーマイオニーのこと、聞いた？」

「ああ、聞いた。たしかに」ハグリッドの声の調子が少し変わった。

その間もちらっちらっと不安そうに窓のほうを見ている。それから二人に、たっぷりと熱い湯を入れた大きなマグカップを差し出した——ただしティーバッグを入れ忘れている。分厚いフルーツケーキを皿に入れていると、戸をたたく大きな音がした。ハグリッドはフルーツケーキをぼろりと取り落とし、ハリーとロンはあたふたして顔を見合わせ、あわてて「透明マント」をかぶって部屋の隅に引っ込んだ。ハグリッドは二人がちゃんと隠れたことを見きわめた上で石弓をひっつかみ、もう一度バンと戸を開けた。

「こんばんは、ハグリッド」

ダンブルドアだった。深刻そのものの顔で小屋に入ってきた。後ろからもう一人、とてもチンケな男が入ってきた。

見知らぬ男は、背の低い恰幅のいい体にくしゃくしゃの白髪頭、悩み事があるような顔の下は、細縞のスーツに真っ赤なネクタイ、黒い長いマントを着て先の尖った紫色のブーツという奇妙な組み合わせの服装だった。ライムのような黄緑色の山高帽を小脇に抱えている。

「パパのボスだ！」ロンがささやいた。「コーネリウス・ファッジ、魔法大臣！」

ハリーはロンを肘(ひじ)で小突(こづ)いて黙らせた。

ハグリッドは蒼(あお)ざめて汗をかきはじめた。椅子にドサッと座り込み、ダンブルドアの顔を見、それからコーネリウス・ファッジの顔を見た。

「状況はよくない。ハグリッド」ファッジがぶっきらぼうに言った。「すこぶるよくない。こざるをえなかった。マグル出身が四人もやられた。もう始末に負えん。本省がなにかしなくては」

「おれは、けっして」ハグリッドが、すがるようにダンブルドアを見た。「ダンブルドア先生さま、知ってなさるでしょう。おれは、けっして……」

「コーネリウス、これだけはわかってほしい。わしはハグリッドに全幅の信頼を置いておる」ダンブルドアは眉をひそめてファッジを見た。

「しかし、アルバス」ファッジは言いにくそうだった。「ハグリッドには不利な前科がある。魔法省としても、なにかしなければならんのだ。――学校の理事たちがうるさい」

「コーネリウス、もう一度言う。ハグリッドを連れていったところで、なんの役にも立たんじゃろう」

ダンブルドアのブルーの瞳に、これまでハリーが見たこともないような激しい炎が燃えている。

「私の身にもなってくれ」

ファッジは山高帽をもじもじいじりながら言った。

「プレッシャーをかけられておる。なにか手を打ったという印象を与えないと。ハグリッドではないとわかれば、彼はここにもどり、なんの咎めもない。ハグリッドは連行せねば、どうしても。私にも立場というものが――」

「おれを連行?」ハグリッドは震えていた。「どこへ?」

「ほんの短い間だけだ」ファッジは、ハグリッドと目を合わせずに言った。

「罰ではない。ハグリッド。むしろ念のためだ。ほかのだれかが捕まれば、君は十分な謝罪の上、釈放される……」

「まさかアズカバンじゃ?」ハグリッドの声がかすれた。

ファッジが答える前に、また激しく戸をたたく音がした。

ダンブルドアが戸を開けた。今度はハリーが脇腹を小突かれる番だった。みなに聞こえるほど大きく息を呑んだからだ。

ルシウス・マルフォイ氏がハグリッドの小屋に大股で入ってきた。長い黒い旅行マントに身を包み、冷たくほくそえんでいる。ファングが低くうなり出した。

「もうきていたのか。ファッジ」

マルフォイ氏は「よろしい、よろしい……」と満足げだ。

「なんの用があるんだ？」ハグリッドが激しい口調で言った。

「おれの家から出ていけ！」

「威勢がいいな。言われるまでもない。君の――あー――これを家と呼ぶのかね？

この中にいるのは、私とてまったく本意ではない」

ルシウス・マルフォイはせせら笑いながら狭い丸太小屋を見回した。

「ただ学校に立ち寄っただけなのだが、校長がここだと聞いたものでね」

「それでは、いったいわしになんの用があるというのかね？　ルシウス？」

ダンブルドアの言葉は丁寧だったが、あの炎が、ブルーの瞳にまだメラメラと燃えている。

「ひどいことだがね。ダンブルドア」

マルフォイ氏が、長い羊皮紙の巻紙を取り出しながら物憂げに言った。

「しかし理事たちは、あなたが退く時がきたと感じたようだ。ここに『停職命令』がある――十二人の理事が全員署名している。残念ながら私ども理事は、あなたが現状を掌握できていないと感じておりましてな。これまでいったい何回襲われたというのかね？　今日の午後にはまた二人。そうですな？　この調子では、ホグワーツにはマグル出身者は一人もいなくなりますぞ。それが学校にとってどんなに恐るべき損失か、我々すべてが承知しておる」

「おぉ、ちょっと待ってくれ、ルシウス」ファッジが驚愕して言った。

「ダンブルドアが『停職』……だめだめ……いまという非常時とも言えるこの時期に、それは絶対困る……」

「校長の任命――それに停職も――理事会の決定事項ですぞ。ファッジ」

マルフォイはよどみなく答えた。

「それに、ダンブルドアは、今回の連続襲撃事件を食い止められなかったのであるから……」

「ルシウス、待ってくれ。ダンブルドアでさえ食い止められないなら――」

ファッジは鼻の頭に汗をかいていた。

「つまり、ほかにだれができる？」

「それはやってみなければわからん」マルフォイ氏がにたりと笑った。「しかし、十二人全員が投票で……」

ハグリッドが勢いよく立ち上がり、ぼさぼさの黒髪が天井をこすった。

「そんで、いったい貴様は何人脅した？　何人脅迫して賛成させた？　えっ？　マルフォイ」

「おう、おう。そういう君の気性がそのうち墓穴を掘るぞ、ハグリッド。アズカバンの看守にはそんなふうにどならないよう、ご忠告申し上げよう。あの連中の気に障るだろうからね」

「ダンブルドアをやめさせられるものなら、やってみろ！」

ハグリッドの怒声で、ボアハウンド犬のファングは寝床のバスケットの中ですくみ上がり、クィンクィン鳴いた。

「そんなことをしたら、マグル生まれの者はおしまいだ！　この次は『殺し』になる！」

「落ち着くんじゃ。ハグリッド」

ダンブルドアが厳しくたしなめた。そしてルシウス・マルフォイに言った。

「理事たちがわしの退陣を求めるなら、ルシウス、わしはもちろん退こう」

「しかし――」ファッジが口ごもった。

「だめだ！」ハグリッドがうなった。

ダンブルドアは明るいブルーの目でルシウス・マルフォイの冷たい灰色の目をじっと見据えたままだった。

「ただし――」

ダンブルドアはゆっくりと明確に、その場にいる者が一言も聞き漏らさないように言葉を続けた。

「覚えておくがよい。わしが本当にこの学校を離れるのは、わしに忠実な者がここに一人もいなくなったときだけじゃ。覚えておくがよい。ホグワーツでは助けを求める者には、必ずそれが与えられる」

一瞬、ダンブルドアの目がハリーとロンの隠れている片隅にキラリと向けられた。

ハリーは、ほとんどそう確信した。

「あっぱれなご心境で」マルフォイは頭を下げて敬礼した。

「アルバス、我々は、あなたの――あー――非常に個性的なやり方を懐かしく思うでしょうな。そして、後任者がその――えー――『殺し』を未然に防ぐのを望むばかりだ」

マルフォイは小屋の戸に向かって大股で歩き、戸を開けるとダンブルドアに一礼して先に送り出した。ファッジは山高帽をいじりながらハグリッドが先に出るのを待っていたが、ハグリッドは足を踏ん張り深呼吸すると、言葉を選びながら言った。

「だれかなにかを見っけたかったら、クモの跡を追っかけていけばええ。そうすりゃちゃんと糸口がわかる。おれが言いてえのはそれだけだ」

ファッジは呆気（あっけ）に取られてハグリッドを見つめた。

「よし。いま行く」

ハグリッドは厚手木綿（モールスキン）のオーバーを着た。ファッジのあとから外に出る途中、戸口でもう一度立ち止まり、ハグリッドが大声で言った。

「それから、だれか、おれのいねえ間、ファングに餌（えさ）をやってくれ」

戸がバタンと閉まった。ロンが「透明マント」を脱いだ。

「大変だ」ロンがかすれ声で言った。

「ダンブルドアはいない。今夜にも学校を閉鎖したほうがいい。ダンブルドアがいなけりゃ、一日一人は襲われるぜ」

ファングが、閉まった戸をかきむしりながら、悲しげに鳴きはじめた。

第15章　アラゴグ

夏は知らぬ間に城の周囲に広がっていた。空も湖も抜けるような明るいブルーに変わり、温室ではキャベツほどもある大きな花々が咲き乱れている。しかし、ハグリッドがファングを従えて校庭を大股で歩き回る姿のない景色は、ハリーにとっては、どこか気の抜けたものに見える。城の外も変だったが、城の中はなにもかもがめちゃめちゃにおかしくなっていた。

ハリーとロンが、ハーマイオニーを見舞おうと医務室に行ったが、扉に面会謝絶の札が掛かっていた。

「危ないことはもういっさいできません」

マダム・ポンフリーは、医務室のドアの割れ目から二人に厳しく言った。

「せっかくだけど、だめです。患者の息の根を止めに、また襲ってくる可能性が十分あります……」

ダンブルドアがいなくなったことで、恐怖感がこれまでになく広がった。陽射しが城壁を暖めても、窓の桟が太陽を遮っているかのようだった。だれもかれもが、心配そうな、緊張した顔をしていた。笑い声は、廊下に不自然にかん高く響き渡るため、たちまち押し殺されてしまうのだった。

ハリーはダンブルドアの残した言葉を幾度も反芻していた。

「わしが本当にこの学校を離れるのは、わしに忠実な者がここに一人もいなくなったときだけじゃ……。ホグワーツでは助けを求める者には、必ずそれが与えられる」

しかし、この言葉がどれだけ役に立つのだろう？　みながハリーやロンと同じように混乱して怖がっているときに、二人は、いったいだれに助けを求めればいいと言うのか？

ハグリッドのクモのヒントのほうが、ずっとわかりやすかった。――しかし、跡をつけようにも、城には一匹もクモが残っていないようなのだ。ハリーはロンに――いやいやながら――手伝ってもらい、行く先々でくまなく探した。もっとも、自分勝手に歩き回ることは許されず、他のグリフィンドール生と一緒に行動することを余儀なくされているのも、二人の足枷となっていた。他のほとんどのグリフィンドール生は、先生に引率されて教室から教室へと移動するのを喜んでいたが、ハリーはうんざりだった。

たった一人だけ、恐怖と猜疑心を思い切り楽しんでいる者がいた。ドラコ・マルフォイだ。首席になったかのように、肩をそびやかして学校中を歩いていた。いったいマルフォイは、なにがそんなに楽しいのか。ダンブルドアとハグリッドがいなくなって二週間ほど経ったあとの「魔法薬」の授業で、マルフォイがクラッブとゴイルに満足げに話す声がすぐ後ろに座ったハリーにも聞こえてきた。

「父上こそがダンブルドアを追い出す人だろうと、僕はずっとそう思っていた」

マルフォイは声をひそめようともせず話していた。

「おまえたちに言って聞かせたろう。父上は、ダンブルドアがこの学校始まって以来の最悪の校長だと思ってるって。たぶん今度はもっと適切な校長がくるだろう。『秘密の部屋』を閉じたりすることを望まないだれかだ。マクゴナガルは長くは続かない。単なる穴埋めだから……」

スネイプがハリーのそばをさっと通り過ぎた。ハーマイオニーの席も、大鍋も空っぽなのになにも言わない。

「先生」マルフォイが大声で呼び止めた。「先生が校長職に志願なさってはいかがですか？」

「これこれ、マルフォイ」スネイプは、薄い唇がほころぶのを抑え切れない様子だ。「ダンブルドア先生は停職させられただけだ。まもなく復職なさると思う」

「さぁ、どうでしょうね」マルフォイはにんまりした。「先生が立候補なさるなら、父が支持投票すると思いますよ。僕が父に、スネイプ先生がこの学校で最高の先生だと言いますから……」

スネイプは薄笑いしながら地下牢教室を闊歩したが、シェーマス・フィネガンが大鍋にゲーゲー吐くまねをしていたのに気づかなかったのは幸いだった。

『穢れた血』の連中がまだ荷物をまとめてないのには、まったく驚くねぇ」

マルフォイはまだしゃべり続けている。

「次のやつは死ぬ。ガリオン金貨五枚賭けてもいい。グレンジャーじゃなかったのは残念だ……」

そのとき、終業のベルが鳴ったので救われた。マルフォイの最後の言葉を聞いたとたん、ロンが椅子から勢いよく立ち上がってマルフォイに挑みかかろうとしたのを、みなが大急ぎで鞄や本をかき集める騒ぎにまぎれて、だれにも気づかれずにすんだからだ。

「やらせてくれ」ハリーとディーンがロンの腕をつかんで引き止める中、ロンはうなった。「かまうもんか。杖なんかいらない。素手でやっつけてやる――」

「急ぎたまえ。『薬草学』の教室に引率していかねばならん」

スネイプが先頭から、生徒の頭越しにどなった。生徒たちはぞろぞろと二列になって移動した。ハリー、ロン、ディーンがしんがりだった。ロンは二人の手を振りほどこうとまだもがいていた。スネイプが生徒を城から外に送り出し、みなが野菜畑を通って温室に向かう段になって、やっと手を放しても暴れなくなった。

「薬草学」のクラスは沈んだ雰囲気だった。仲間が二人も欠けている。ジャスティンとハーマイオニーだ。

スプラウト先生は、みなに手作業をさせた。アビシニア無花果の大木の剪定だ。ハリーが萎えた茎をひと抱えも切り取って堆肥用に積み上げていると、ちょうど向かい側にいたアーニー・マクミランと目が合った。アーニーはスーッと深く息を吸ってから、非常に丁寧に話しかけてきた。

「ハリー、僕は君を一度でも疑ったことを、申し訳なく思っています。君はハーマイオニー・グレンジャーをけっして襲ったりはしない。僕がいままで言ったことをお詫びします。僕たちはいま、みんなおんなじ運命にあるんだ。だから――」

アーニーは、丸々太った手を差し出した。ハリーは握手した。

アーニーとその友人のハンナが、ハリーとロンの剪定していた無花果を、一緒に刈り込むためにやってきた。

「あのドラコ・マルフォイは、いったいどういう感覚をしてるんだろ」

アーニーが刈った小枝を折りながら言った。

「こんな状況になってるのを大いに楽しんでるみたいじゃないか？　ねえ、僕、あいつがスリザリンの継承者じゃないかと思うんだ」

「まったく、いい勘してるよ。君は」

ロンは、ハリーほどたやすくアーニーを許すことはできないようだった。

「ハリー、君は、マルフォイだと思うかい？」アーニーが聞いた。

「いや、ちがう」ハリーがあまりにきっぱり言ったので、アーニーもハンナも目をみはった。

その直後、ハリーは大変な物を見つけて、思わず剪定バサミでロンの手をぶってしまった。

「あいたっ！　なにをするん……」

ハリーは一メートルほど先の地面を指さしていた。大きなクモが数匹ガサゴソ這(は)っている。

「あぁ、うん」ロンはうれしそうな顔を作ろうとして、やはりできないようだった。「でも、いま追いかけるわけにはいかないよ……」

アーニーもハンナも聞き耳を立てていた。ハリーは、逃げていくクモをじっと見つめた。

「どうやら『禁じられた森』のほうに向かってる……」

ロンはますます情けなさそうな顔をした。

授業が終わると、スプラウト先生が「闇の魔術に対する防衛術」の教室に生徒を連れていった。ハリーとロンは集団から遅れて歩き、話を聞かれないようにした。

「もう一度『透明マント』を使わなくちゃ」ハリーがロンに話しかけた。「ファングを連れていこう。いつもハグリッドと森に入っていたから、なにか役に立つかもしれない」

「いいよ」ロンは落ち着かない様子で、杖を指でくるくる回していた。

「えーと——ほら——あの森には狼男がいるんじゃなかったかな？」

ロックハートの授業で、一番後ろの、いつもの席に着きながらロンが言った。

ハリーは、質問に直接答えるのを避けた。

「あそこにはいい生き物もいるよ。ケンタウルスも大丈夫だし、一角獣（ユニコーン）も」

ロンは「禁じられた森」に入ったことがなかった。ハリーは一度だけ入ったが、できれば二度と入りたくないと思っていた。

ロックハートが、浮き浮きと教室に入ってきたので、みなは唖然（あぜん）として見つめた。他の先生はだれもがいつもより深刻な表情をしているのに、ロックハートだけは陽気そのものだった。

「さあ、さあ、さあ」ロックハートがにっこりと笑いかけながらさけんだ。

「なぜそんなに湿っぽい顔ばかり揃ってるのですか？」

生徒たちは呆（あき）れ返って顔を見合わせ、だれも答えようとしなかった。

「みなさん、まだ気がつかないのですか？」

ロックハートは、生徒たちみなが物わかりが悪いとでも言うかのようにゆっくりと話した。

「危険は去ったのです！　犯人は連行されました」

「いったいだれがそう言ったんですか？」ディーン・トーマスが大声で聞いた。

「なかなか元気があってよろしい。魔法大臣は百パーセント有罪の確信なくして、ハグリッドを連行したりしませんよ」ロックハートは1＋1は2の説明をするような調子で答えた。

「しますとも」ロンがディーンよりも大声で言った。

「自慢するつもりはありませんが、ハグリッドの逮捕については、私はウィーズリー君よりいささか、詳しいですよ」ロックハートは自信たっぷりだ。

ロンは――僕、なぜかそうは思いません……と言いかけたが、机の下でハリーに蹴りを入れられて言葉が途切れた。

「僕たち、あの場にはいなかったんだ。いいね？」

そう言ってはみたものの、ロックハートの浮かれぶりにはハリーもむかついた。ハグリッドはよくないやつだといつも思っていたとか、ごたごたはいっさい解決したとか、その自信たっぷりな話しぶりにいらいらして、ハリーは『グールお化けとのクールな散策』を、ロックハートのまぬけ顔に、思い切り投げつけてやりたくてたまらなかった。その代わりに、ロンに走り書きを渡すことで、ハリーはがまんした。

「今夜決行しよう」

ロンはメモを読んでゴクリと生唾を飲んだ。そして、いつもハーマイオニーが座っていた席を横目で見た。空っぽの席がロンの決心を固めさせたようだ。ロンはうなずいた。

グリフィンドールの談話室は、このごろいつも人であふれていた。六時以降、ほかに行き場がなかった一方で、話すことはあり余るほどあったことが、結果として談話室を真夜中過ぎまで人であふれさせることになった。

ハリーは夕食後すぐに「透明マント」をトランクから取り出してきて、談話室に人がいなくなるまでマントの上に座って時を待った。フレッドとジョージがハリーとロンに「爆発スナップ」の勝負を挑み、ジニーはハーマイオニーのお気に入りの席に座り、沈み切ってそれを眺めていた。ハリーとロンはわざと負け続けてゲームを早く終わらせようとしたが、フレッド、ジョージ、ジニーがやっと寝室に上がったのは、とうに十二時を過ぎていた。

男子寮と女子寮に通じる二つのドアが遠くのほうで閉まる音を確かめた後、ハリーとロンは「マント」を取り出して羽織り、肖像画の裏の穴を這い登った。

先生方にぶつからないようにしながら城を抜けるのは、今夜もひと苦労だった。やっと玄関ホールにたどり着き、樫の扉の閂を外し、蝶番が軋んだ音を立てないようにそうっと扉を細く開けてその隙間を通り、二人は月明かりに照らされた校庭に踏み出した。

「うん、そうだ」

黒々と広がる草むらを大股(おおまた)で横切りながら、ロンが出し抜けに言った。

「森まで行っても、跡をつけるものが見つからないかもしれない。あのクモは、森なんかに行かなかったかもしれない。だいたいそっちの方向に移動していたように見えたことは確かだけど、でも……」

ロンの声がそうであって欲しいというふうにだんだん小さくなっていった。

ハグリッドの小屋にたどり着いた。真っ暗な窓がいかにも物悲しく、寂(さび)しかった。

ハリーが入口の戸を開けると、二人の姿を見つけたファングが狂ったように喜んだ。ウォン、ウォンと太く轟く声で鳴かれたら、城中の人間が起きてしまうと気が気でなく、二人は急いで暖炉の上の缶から糖蜜ヌガーを取り出し、ファングに食べさせた。——ファングの上下の歯がしっかりくっついた。

ハリーは「透明マント」をハグリッドのテーブルの上に置いた。真っ暗な森の中では必要がない。

「ファング、おいで。散歩に行くよ」ハリーは、自分の腿(もも)をたたいて合図した。ファングは喜んで跳びはねながら二人について小屋を出て、森の入口までダッシュし、楓(かえで)の大木の下で片足を上げ、用をたした。

ハリーが杖を取り出し「ルーモス！　光よ！」と唱えると、杖の先に小さな灯りが点った。森の小道にクモの通った跡があるかどうかを探すのに、やっと間に合うぐらいの灯りだ。

「いい考えだ」ロンが言った。「僕も点ければいいんだけど、でも、僕のは――爆発したりするかもしれないし……」

ハリーはロンの肩をトントンとたたき、草むらを指さした。はぐれグモが二匹、急いで杖灯りの光を逃れ、木の陰に隠れるところだった。

「オーケー」もう逃れようがないと覚悟したかのように、ロンはため息をついた。「いいよ。行こう」

二人は森の中へと入っていった。ファングは、木の根や落ち葉をクンクン嗅ぎながら、二人の周囲を敏捷に走り回ってついてきた。クモの群れがザワザワと小道を移動する足取りを、二人はハリーの杖の灯りを頼りに追った。小枝の折れる音、木の葉のこすれ合う音のほかになにか聞こえはしないかと耳をそば立て、二人は黙って歩き続けた。二十分ほども歩いたろうか。やがて、木々が一層深々と茂って空の星さえ見えなくなり、闇の帳りに光を放つのはハリーの杖だけになったそのとき、クモの群れが小道から逸れるのが見えた。

ハリーは立ち止まり、クモがどこへ行くのかを見ようとしたが、杖灯りの小さな輪の外は一寸先も見えない暗闇だった。こんなに森の奥まで入り込んだことはない。前回森に入ったときに、「道を外れるなよ」とハグリッドに忠告されたことを、ありありと思い出した。しかし、ハグリッドは、いまや遠く離れたところにいる――たぶんアズカバンの独房に、つくねんと座っているのだろう。そのハグリッドが、今度はクモの跡を追えと言ったのだ。

なにか湿った物がハリーの手に触れた。ハリーは思わず飛びすさって、ロンの足を踏んづけてしまった。――ファングの鼻面だった。

「どうする?」杖の灯りを受けて、なんとかロンの目だとわかるものに向かって、ハリーが聞いた。

「ここまできてしまったんだもの」とロンが答えた。

二人はクモのすばやい影を追いかけて、森の茂みの中に入り込んだ。もう速くは動けない。行く手を遮る木の根や切り株も、ほとんど見えない真っ暗闇だ。ファングの熱い息がハリーの手にかかるのを感じた。二人は何度か立ち止まり、ハリーがかがみ込んで杖灯りに照らされたクモの群れを確認しなければならなかった。

低く突き出した枝や荊にローブを引っかけながら、少なくとも三十分ほどは歩いたろう。相変わらずうっそうとした茂みの中で、地面が下り坂になっているのに気づいた。

ふいに、ファングが大きく吠える声がこだまし、ハリーもロンも飛び上がった。

「なんだ？」ロンは大声を上げて真っ暗闇を見回し、ハリーの肘をしっかりつかんだ。

「向こうでなにかが動いている」ハリーは息をひそめた。「シーッ……なにか大きいものだ」

耳をすませた。右のほう、少し離れたところで、大きなものが木立ちの間を枝をバキバキ折りながら道をつけて進んでくる。

「もうだめだ」ロンが思わず声を漏らした。「もうだめ、もうだめ、だめ――」

「シーッ！」ハリーが必死で止めた。「君の声が聞こえてしまう」

「僕の声？」ロンがとてつもなく上ずった声を出した。「とっくに聞こえてるよ。ファングの声が！」

恐怖に凍りついて立ちすくみ、ただ待つだけの二人の目に闇が重苦しくのしかかった。ゴロゴロという奇妙な音がしたかと思うと、急に静かになった。

「なにをしているんだろう？」とハリー。

「飛びかかる準備だろう」とロン。

震えながら、金縛りにあったように、二人は待ち続けた。

「行っちゃったのかな?」とハリー。

「さあ――」

突然右にカッと閃光が走った。暗闇の中でのまぶしい光に、二人は反射的に手をかざして目を覆った。ファングはキャンと鳴いて逃げようとしたが、荊にからまってますますキャンキャン鳴いた。

「ハリー!」ロンが大声で呼んだ。緊張が解けて、ロンの声の調子が変わった。

「僕たちの車だ!」

「えっ?」

「行こう!」

ハリーはまごまごとロンのあとについて、滑ったり転んだりしながら光のほうに向かった。まもなく開けた場所に出た。

ウィーズリー氏の車だ。だれも乗っていない。深い木の茂みに囲まれ、屋根のように枝が重なり合う下で、ヘッドライトをギラつかせている。ロンが口をあんぐり開けて近づくと、車はゆっくりと、まるで大きなトルコ石色の犬が飼い主に挨拶するようにすり寄ってきた。

「こいつ、ずっとここにいたんだ！」ロンが、車の周囲を歩きながらうれしそうに言った。「ご覧よ。森の中で野生化しちゃってる……」

車の泥よけは傷だらけ泥だらけだった。勝手に森の中をゴロゴロ動き回っていたようだ。ファングは車がお気に召さないようで、すねたようにハリーにぴったりくっついている。ファングの震えが伝わってきた。ようやく呼吸が落ち着いてきたハリーは、杖をローブの中に収めた。

「僕たち、こいつが襲ってくると思ったんだ！」

ロンは車に寄りかかり、やさしくたたいた。

「おまえ、どこに行っちゃったのかって、ずっと気にしてたよ！」

ハリーはクモの通った跡はないかと、ヘッドライトで照らされた地面をまぶしそうに目を細めて見回した。しかしクモの群れは、ギラギラする明かりから急いで逃げ去ってしまっていた。

「見失っちゃった」ハリーが言った。「さあ、探しにいかなくちゃ」

ロンはなにも言わず、身動きもしなかった。目はハリーのすぐ後ろ、地面から二、三メートル上の一点に釘づけになっている。顔が恐怖で土気色だ。

振り返る間もなかった。カシャッカシャッと大きな音がしたかと思うと、長くて毛むくじゃらなものが、ハリーの体を鷲づかみに持ち上げた。ハリーは逆さまに宙吊りになった。恐怖に囚われもがきながらも、ハリーはまた別のカシャッカシャッという音を聞いた。ロンの足が宙に浮くのが見え、ファングがクィンクィン、ワォンワォン鳴きわめいているのが聞こえた。——次の瞬間、ハリーは暗い木立ちの中にさーっと運び込まれた。

逆さ吊りのまま、ハリーは自分を捕らえているものを見た。六本の恐ろしく長い毛むくじゃらの肢がザックザックと突き進み、その前の二本の肢でハリーをがっちり挟んでいる。その上に黒光りする一対の鋏があった。後ろに、もう一匹同じ生き物の気配がする。ロンを運んでいるにちがいない。森の奥へ奥へと行進していく。ファングが三匹めの怪物から逃れようと、キャンキャン鳴きながらじたばたもがいているのが聞こえた。ハリーはさけびたくてもさけべなかった。あの空き地の、車のところに声を置き忘れてきたらしい。

どのくらいの間、怪物に挟まれていたのだろうか。真っ暗闇が突然薄明るくなり、地面を覆う木の葉の上にクモがうじゃうじゃいるのが見えた。首をひねって見ると、だだっ広い窪地の縁にたどり着いたのが見える。木を切りはらった窪地の中を星明かりが照らし出し、ハリーがこれまで目にしたこともない、世にも恐ろしい光景が飛び込んできた。

蜘蛛だ。木の葉の上にうじゃうじゃしているちっちゃなクモとは物がちがう。馬車馬のような、八つ目の、八本肢の、黒々とした毛むくじゃらの巨大な蜘蛛が数匹。ハリーを運んできたその巨大蜘蛛の見本のようなやつは、窪地のど真ん中にある靄のようなドーム型の蜘蛛の巣に向かって、急な傾斜を滑り降りた。仲間の巨大蜘蛛が獲物を見て興奮し、鋏をガチャつかせながら、そのまわりに集結した。

巨大蜘蛛が肢を放し、ハリーは四つん這いになって地面に落ちた。ロンもファングも隣にドサッと落ちてきた。ファングはもう鳴くことさえできず、黙ってその場にすくみ上がっていた。ロンは、ハリーの気持ちをそっくり顔で表現していた。声にならない悲鳴を上げ、口が大きくさけび声の形に開いている。目は飛び出していた。

ふと気がつくと、ハリーを捕まえていた蜘蛛がなにか話している。一言しゃべるたびに鋏をガチャガチャ言わせるので、話していることにさえなかなか気づかなかった。

「アラゴグ！」と呼んでいる。「アラゴグ！」

靄のような蜘蛛の巣のドームの真ん中から、小型の象ほどもある蜘蛛がゆらりと現れた。胴体と肢を覆う黒い毛に白いものが交じり、鋏のついた醜い頭には八つの白濁した目があった。――盲いている。

「なんの用だ?」鋏を激しく鳴らしながら、盲目の蜘蛛が言った。

「人間です」ハリーを捕まえた巨大蜘蛛が答えた。

「ハグリッドか?」アラゴグが近づいてきた。八つの濁った目が虚ろに動いている。

「知らない人間です」ロンを運んだ蜘蛛が、カシャカシャ言った。

「殺せ」アラゴグはいらいらと鋏を鳴らした。「眠っていたのに……」

「僕たち、ハグリッドの友達です」ハリーがさけんだ。心臓が胸から飛び上がって、喉元で脈を打っているようだった。

カシャッカシャッカシャッ――窪地の中の巨大蜘蛛の鋏がいっせいに鳴った。

アラゴグが立ち止まった。

「ハグリッドは一度もこの窪地に人をよこしたことはない」ゆっくりとアラゴグが言った。

「ハグリッドが大変なんです」息を切らしながらハリーが言った。「それで、僕たちがきたんです」

「大変？」

年老いた巨大蜘蛛の鋏の音が気遣わしげになったのを、ハリーは聞き取ったように思った。

「しかし、なぜおまえをよこした？」

ハリーは立ち上がろうとしたが、やめにした。とうてい足が立たない。そこで、地べたに這ったまま、できるだけ落ち着いて話した。

「学校のみんなは、ハグリッドがけしかけて——か、怪——何物かに、学生を襲わせたと思っているんです。ハグリッドを逮捕して、アズカバンに送りました」

アラゴグは怒り狂って鋏を鳴らした。蜘蛛の群れがそれに従い、窪地中に音がこだました。ちょうど拍手喝采のようだったが、普通の拍手ならハリーも、恐怖で吐き気を催すことはなかったろう。

「しかし、それは昔の話だ」アラゴグはいらだった。「何年も何年も前のことだ。よく覚えている。それでハグリッドは退学させられた。みながわしのことを、いわゆる『秘密の部屋』に住む怪物だと信じ込んだ。ハグリッドが『部屋』を開けて、わしを自由にしたのだと考えた」

「それじゃ、あなたは……あなたが『秘密の部屋』から出てきたのではないのですか？」

ハリーは、額に冷や汗が流れるのがわかった。

「わしが！」アラゴグは怒りで鋏を打ち鳴らした。「わしはこの城で生まれたのではない。遠いところからやってきた。まだ卵だったわしを、旅人がハグリッドに与えた。ハグリッドはまだ子供だったが、わしの面倒をみてくれた。城の物置に隠し、食事の残り物を集めて食べさせてくれた。ハグリッドはわしの親友だ。いいやつだ。わしが見つかってしまい、女の子を殺した罪を着せられたときも、ハグリッドはわしを護ってくれた。そのとき以来、わしはこの森に住み続けている。ハグリッドはいまでもときどき訪ねてきてくれる。妻も探してきてくれた。モサグを。見ろ。わしらの家族はこんなに大きくなった。みなハグリッドのおかげだ……」

ハリーはありったけの勇気をしぼり出した。

「それじゃ、一度も——だれも襲ったことはないのですか？」

「一度もない」年老いた蜘蛛はしわがれ声を出した。

「襲うのはわしの本能だ。しかし、ハグリッドの名誉のために、わしはけっして人間を傷つけはしなかった。殺された女の子の死体は、トイレで発見された。わしは自分の育った物置の中以外、城のほかの場所はどこも見たことがない。わしらの仲間は、暗くて静かなところを好む……」

「それなら……いったいなにが女の子を殺したのか知りませんか？　何物であれ、そいつはいままたもどってきて、ふたたびみんなを襲って――」

カシャカシャという大きな音と、何本もの長い肢が怒りでこすれ合うザワザワという音がわき起こり、言葉が途中でかき消された。大きな黒いものがハリーを囲んでガサゴソと動いた。

「城に住むその物は」アラゴグが答えた。「わしら蜘蛛の仲間がなによりも恐れる、太古の生き物だ。その怪物が城の中を動き回っている気配を感じたとき、わしを外に出してくれとハグリッドにどんなに必死で頼んだか、よく覚えている」

「いったいその生き物は？」ハリーは急き込んでたずねた。

また大きなカシャカシャとザワザワがわいた。蜘蛛がさらに詰め寄ってきたようだ。

「わしらはその生き物の話をしない！」アラゴグが激しく言った。「わしらはその名前さえ口にしない！　ハグリッドに何度も聞かれたが、わしはその恐ろしい生き物の名前を、けっしてハグリッドに教えはしなかった」

ハリーはそれ以上追及しなかった。巨大蜘蛛が、四方八方から詰め寄ってきている。いまはだめだ。アラゴグは話すのに疲れた様子だった。ゆっくりとまた蜘蛛の巣のドームへともどっていった。しかし仲間の蜘蛛は、じりじりと少しずつ二人に詰め寄ってくる。

「それじゃ、僕たちは帰ります」木の葉をガサゴソ言わせる音を背後に聞きながら、ハリーはアラゴグに絶望的な声で呼びかけた。

「帰る？」アラゴグがゆっくりと言った。「それはなるまい……」

「でも――でも――」

「わしの命令で、娘や息子たちはハグリッドを傷つけはしない。しかし、わしらのまっただ中に、すすんでのこのこ迷い込んできた新鮮な肉を、おあずけにすることはできまい。さらば、ハグリッドの友人よ」

ハリーは、体を回転させて上を見た。ほんの数十センチ上にそびえ立つ蜘蛛の壁が、鋏をガチャつかせ、醜い黒い頭にたくさんの目をギラつかせている……。

杖に手をかけながらも、ハリーにはむだな抵抗だとわかっていた。多勢に無勢だ。それでも戦って死ぬ覚悟で立ち上がろうとしたそのとき、高らかな長い音とともに窪地にまばゆい光が射し込んだ。

ウィーズリー氏の車が、荒々しく斜面を走り下りてくる。ヘッドライトを輝かせ、クラクションを高々と鳴らし、蜘蛛をなぎ倒しながら――何匹かは仰向けにひっくり返され、何本もの長い肢を空に泳がせていた。車はハリーとロンの前でキーッと停まり、ドアがパッと開いた。

「ファングを！」

ハリーは、前の座席に飛び込みながらさけんだ。ロンは、ボアハウンドの胴のあたりをむんずと抱きかかえ、キャンキャン鳴いている犬を後ろの座席に放り込んだ。ドアがバタンと閉まり、ロンがアクセルに触りもしないのに、車はだれの助けも借りずにエンジンをうならせ、またまた蜘蛛を引き倒しながら発進した。車は坂を猛スピードで駆け上がり、窪地を抜け出し、まもなく森の中へと突っ込んだ。車は勝手に走った。太い木の枝が窓をたたきはしたが、どうやら自分の知っている道らしく、車は巧みに空間の広く空いているところを通った。

ハリーは隣のロンを見た。まだ口は開きっぱなしで、声にならないさけびの形のままだったが、目はもう飛び出してはいなかった。

「大丈夫かい？」

ロンはまっすぐ前を見つめたまま、口がきけない。

森の下生えをなぎ倒しながら車は突進した。ファングは後ろの席で大声で吠えている。大きな樫の木の横をむりやりすり抜ける際、ハリーの目の前でサイドミラーがポッキリ折れた。

ガタガタと騒々しい凸凹の十分間が過ぎたころ、木立ちがややまばらになり、茂みの間からハリーはふたたび空を垣間見ることができた。

車が急停車し、二人はフロントガラスに頭をぶつけそうになった。森の入口にたどり着いたのだ。ファングは早く出たいと窓に飛びつき、ハリーがドアを開けてやると、尻尾を巻いたまま一目散にハグリッドの小屋をめざして木立ちの中をダッシュしていった。ハリーも車を降りた。それから一分ほど後に、ロンが手足の感覚を取りもどしたらしく、首はまだ硬直が取れず前を向いたままの姿でようやく降りてきた。ハリーは感謝を込めて車をなで、車はまた森の中へとバックしていき、やがて姿が見えなくなった。

ハリーは「透明マント」を取りにハグリッドの小屋にもどった。ファングは寝床のバスケットで毛布をかぶって震えていた。小屋の外に出ると、ロンがかぼちゃ畑でゲーゲー吐いていた。

「クモの跡をつけろだって」ロンは袖で口を拭きながら弱々しく言った。「ハグリッドを許さないぞ。僕たち、生きてるのが不思議だよ」

「きっと、アラゴグなら自分の友達を傷つけないと思ったんだよ」ハリーが言った。

「だからハグリッドってだめなんだ！」ロンが小屋の壁をドンドンたたきながら言った。

「怪物はどうしたって怪物なのに、みんなが、怪物を悪者にしてしまったんだと考えてる。そのつけがどうなったか！　アズカバンの独房だ！」

いまになってロンは、ガタガタ震えが止まらなくなっていた。

「僕たちをあんなところに追いやって、いったいなんの意味があった？　なにがわかった？　教えてもらいたいよ」

「ハグリッドが『秘密の部屋』を開けたんじゃないってことだ」

ハリーはマントをロンにかけてやり、腕を取って歩くように促しながら言った。

「ハグリッドは無実だった」

ロンはフンと大きく鼻を鳴らした。アラゴグを物置の中で孵すなんて、どこが「無実」なもんか、と言いたげだ。

城がだんだん近くに見えてきた。ハリーは「透明マント」を引っ張って足先まですっぽり隠し、それから軋む扉をそっと半開きにした。玄関ホールをこっそりと横切り、大理石の階段を上ると、見張り番が目を光らせている廊下を息を殺して通り過ぎて、ようやく安全地帯のグリフィンドールの談話室にたどり着いた。暖炉の火は燃え尽き、灰になった残り火がわずかに赤みを帯びていた。二人はマントを脱ぎ、曲がりくねった階段を上って寝室に向かった。

ロンは服も脱がずにベッドに倒れ込んだ。しかしハリーはあまり眠くなかった。四本柱つきのベッドの端に腰掛け、アラゴグが言ったことを一所懸命に考えた。

城のどこかに潜む怪物は、ヴォルデモートを怪物にしたようなものなのかもしれない――。

ほかの怪物でさえ、その名前を口にしたがらない。しかし、ハリーもロンもそれがなんなのか、襲った者をどんな方法で石にするのか、結局のところ皆目わからない。ハグリッドでさえ「秘密の部屋」になにがいたのか知ってはいなかった。

ハリーはベッドの上に足を投げ出し、枕にもたれて、寮塔の窓から自分の上に射し込む月明かりを眺めた。

ほかになにをしたらよいのかわからない。八方塞(ふさが)りだ。リドルはまちがった人間を捕まえた。スリザリンの継承者は逃れ去り、今度「部屋」を開けたのが果たしてその人物なのかそれとも他のだれかなのか、わからずじまいだ。もうだれもたずねるべき人はいない。ハリーは横になったまま、アラゴグの言ったことをまた考えた。

とろとろと眠くなりかけたとき、最後の望みとも思える考えが閃いた。ハリーは、はっと身を起こした。

「ロン」暗闇の中でハリーは声をひそめて呼んだ。「ロン！」

ロンは、ファングのようにキャンといって目を覚まし、きょろきょろとあたりを見回した。そしてハリーが目に入った。

「ロン――死んだ女の子だけど。アラゴグはトイレで見つかったって言ってた」

ハリーは、部屋の隅から聞こえてくるネビルの高いびきも気にせず言葉を続けた。

「その子がそれから一度もトイレを離れなかったとしたら？　まだそこにいるとしたら？」

ロンが目をこすり、月明かりの中で眉根を寄せた。そして、ピンときた。

「もしかして――まさか『嘆きのマートル』？」

第16章　秘密の部屋

「僕たち、あのトイレに何度も入ってたんだぜ。その間、マートルはたった小部屋三つしか離れていなかったんだ」

ロンは翌日の朝食のテーブルで悔しそうに言った。

「あのときなら聞けたのに、いまじゃなぁ……」

クモを探すことさえ簡単にはできなかったのだから、ましてや先生の目を盗んで女子トイレに潜り込むなど、とてもむりだった。とくに最初の犠牲者が出た場所の、すぐ横にある女子トイレだ。

ところが、その日最初の授業、「変身術」で起きた出来事のおかげで、数週間ぶりに「秘密の部屋」など頭から吹き飛んだ。授業が始まって十分も経ったころ、マクゴナガル先生が、一週間後の六月一日から期末試験が始まると発表したのだ。

「試験？」シェーマス・フィネガンがさけんだ。「こんなときにまだ試験があるんですか？」

ハリーの後ろでバーンと大きな音がした。ネビル・ロングボトムが杖を取り落とし、自分の机の脚を一本消してしまった音だった。マクゴナガル先生は、杖の一振りで脚を元通りにし、シェーマスに向きなおってしかめ面をした。

「こんなときでさえ学校を閉鎖しないのは、みなさんが教育を受けるためです」

先生は厳しく言った。

「ですから、試験はいつものように行います。みなさん、しっかり勉強なさっていることと思いますが」

しっかり勉強！　城がこんな状態なのに、試験があるなんてハリーは考えてもみなかった。教室中が不満たらたらの声であふれ、マクゴナガル先生はますます怖いしかめ面になった。

「ダンブルドア校長のお言いつけです。学校はできるだけ普通どおりにやっていきます。つまり、私が指摘するまでもありませんが、この一年間に、みなさんがどれだけ学んだかを確かめるということです」

ハリーは、これからスリッパに変身させるはずの二羽の白ウサギを見下ろした。

――今年一年なにを学んだのだろう？　試験に役立ちそうなことは、なに一つ思い出せないような気がした。ロンはと見ると、「禁じられた森」に行ってそこに住むようにと、たったいま命令されたような顔をしている。

「こんなもんで試験が受けられると思うか？」

ロンは、ちょうどピーピー大きな音を立てはじめた自分の杖を持ち上げて、ハリーに問いかけた。

最初のテストの三日前、朝食の席でマクゴナガル先生が、また報告することがあると言った。

「よい知らせです」とたんに、しんとなるどころか大広間は蜂の巣を突ついたようになった。

「ダンブルドアがもどってくるんだ！」何人かが歓声を上げた。

「スリザリンの継承者を捕まえたんですね！」

レイブンクローの女子学生が、黄色い声を上げた。

「クィディッチの試合が再開されるんだ！」ウッドが興奮してウオーッという声を出した。

やっとガヤガヤが静まったあと、先生が発表した。

「スプラウト先生のお話では、とうとうマンドレイクが収穫できるとのことです。今夜、石にされた人たちを蘇生させることができるでしょう。言うまでもありませんが、そのうちのだれか一人が、だれ、またはなにに襲われたのか、話してくれるかもしれません。私は、この恐ろしい一年が犯人逮捕で終わりを迎えることができるのではないかと、期待しています」

歓声が爆発した。ハリーはスリザリンのテーブルを見た。当然のことながらドラコ・マルフォイは喜んではいなかった。逆にロンは、ここしばらく見せたことがなかったような、うれしそうな顔をしている。

「それじゃ、マートルに聞きそびれたことも、どうでもよくなった！　目を覚ましたら、たぶんハーマイオニーが全部答えを出してくれるよ！　でもね、あと三日で試験が始まるって聞いたら、きっとあいつあわてふためくぜ。勉強してないんだからな。試験が終わるまで、そのままそっとしておいたほうが親切じゃないかな」

ジニー・ウィーズリーがやってきて、ロンの隣に座った。緊張して落ち着かない様子だ。膝の上で手をもじもじさせている。

「どうした？」ロンがオートミールのお代わりをしながら聞いた。

ジニーは黙っている。グリフィンドールのテーブルを端から端まで眺めながら、怯えた表情をしている。どこかで見た表情だとハリーは思ったが、だれの顔か思い出せない。

「言っちまえよ」ロンがジニーを見つめながら促した。

ハリーは突然、ジニーの表情がだれに似ているかを思い出した。椅子に座って、前後に体を揺する仕草がドビーそっくりだ。言ってはならないことを漏らそうかどうか、ためらっているときのドビーだ。

「あたし、言わなければならないことがあるの」

ジニーは、ハリーを見ないようにしながらボソボソ言った。

「なんなの？」ハリーが聞いた。

ジニーはなんと言っていいのか、言葉が見つからない様子だ。

「いったいなんだよ？」とロン。

ジニーは口を開いた。が、声が出てこない。ハリーは少し前屈みになって、ロンとジニーだけに聞こえるような小声で言った。

「『秘密の部屋』に関することなのかい？　なにか見たの？　だれかおかしな素振りをしているの？」

　ジニーはスーッと深呼吸した。その瞬間、折悪しくパーシー・ウィーズリーがげっそり疲れ切った顔で現れた。

「ジニー、食べ終わったのなら、僕がその席に座るよ。腹ぺこだ。校内巡回が、いま終わったばかりなんだ」

　ジニーは椅子に電流が走ったかのように飛び上がり、怯えた目をパーシーに向けると、そそくさと立ち去った。パーシーは腰を下ろし、テーブルの真ん中にあったマグカップをがばっとつかんだ。

「パーシー！」ロンが怒った。「ジニーがなにか大切なことを話そうとしたところだったのに！」

　紅茶を飲んでいる途中だったパーシーは咽せた。

「どんなことだった？」パーシーが咳込みながら聞いた。

「僕が、おかしなものでも見たのかって聞いたら、なにか言いかけて――」

「ああ――それ――それは『秘密の部屋』には関係ない」パーシーはすぐに引き取った。

「なんでそう言える？」ロンの眉が吊り上がった。

「うん、あ、どうしても知りたいなら――ジニーが、あ――この間、僕とばったり出くわして、そのとき、僕が――うん、なんでもない――要するにだ、あの子は僕がなにかをするのを見たわけだ。それで、僕が、その、あの子にだれにも言うなって頼んだんだ。あの子は約束を守ると思ったのに。たいしたことじゃないんだ。ほんと。ただ、できれば……」

ハリーは、パーシーがこんなにおろおろするのを見たのははじめてだ。

「いったいなにをしてたんだ？　パーシー」ロンがニヤニヤした。

「さあ、吐けよ。笑わないから」

パーシーはにこりともしなかった。

「ハリー、パンを取ってくれないか。腹ぺこだ」

明日になれば、自分たちがなにもしなくてもすべての謎が解けるだろうと思ったが、マートルと話す機会があるならそれを、ハリーは逃すつもりはなかった。――そして、うれしいことに、その機会がやってきた。午前の授業も半ば終わり、次の『魔法史』の教室まで引率していたのがギルデロイ・ロックハートだった。

ロックハートは、これまで何度も「危険は去った」と宣言し、そのたびにたちまちそれがまちがいだと証明されてきたのだが、今回は自信満々で、生徒を無事送り届けるためにわざわざ引率していくなど、まったくのむだだと思っているようだった。髪もいつものような輝きがなく、五階の見廻りで一晩中起きていた様子だ。

「私の言うことをよく聞いておきなさい」生徒を廊下の曲り角まで引率してきたロックハートが言った。「哀れにも石にされた人たちが最初に口にする言葉は『ハグリッドだった』です。まったく、マクゴナガル先生がまだこんな警戒措置が必要だと考えていらっしゃるのには驚きますね」

「そのとおりです、先生」ハリーがそう言ったので、ロンは驚いて教科書を取り落とした。

「どうも、ハリー」ハッフルパフ生が長い列を作って通り過ぎるのをやり過ごしながら、ロックハートが優雅に言った。

「つまり、私たち、先生というものは、いろいろやらなければならないことがありましてね。生徒を送ってクラスに連れていったり、一晩中見張りに立ったりしなくたって手一杯なのですよ」

「そのとおりです」ロンがピンときてうまくつないだ。「先生、引率はここまでにしてはいかがですか。あと一つだけ廊下を渡ればいいんですから」

「実は、ウィーズリー君、私もそうしようかと思っているんです。もどって次の授業の準備をしなければならないんでね」

そう言うとロックハートは、足早に行ってしまった。

「授業の準備が、聞いて呆れる」ロンがフンと言った。「髪をカールしに、どうせそんなとこだ」

グリフィンドール生を先に行かせ、二人は脇の通路を駆け下り、「嘆きのマートル」のトイレへと急いだ。しかし、計略がうまく行ったことを、互いに称え合っていたそのとき……。

「ポッター！　ウィーズリー！　なにをしているのですか？」

マクゴナガル先生が、これ以上堅くは結べまいと思うほど堅く、唇を真一文字に結んで立っていた。

「僕たち——僕たち——」ロンが口ごもった。「僕たち、あの——様子を見に——」

「ハーマイオニーの」とハリーが受けた。ロンもマクゴナガル先生もハリーを見つめた。「先生、もうずいぶん長いことハーマイオニーに会っていません」

ハリーはロンの足を踏んづけながら急いでつけ加えた。

「だから、僕たち、こっそり医務室に忍び込んで、それで、ハーマイオニーにマンドレイクがもうすぐ採れるから、だから、あの、心配しないようにって、そう言おうと思ったんです」

マクゴナガル先生はハリーから目を離さなかった。一瞬、ハリーは先生の雷が落ちるかと思った。しかし、先生の声は奇妙にかすれていた。

「そうでしょうとも」

ハリーは先生のビーズのような目に、涙がキラリと光るのを見つけて驚いた。

「そうでしょうとも。襲われた人たちの友達が、一番辛い思いをしてきたことでしょう……。よくわかりました。ポッター、もちろん、いいですとも。ミス・グレンジャーのお見舞いを許可します。ビンズ先生には、私からあなたたちの欠席のことをお知らせしておきましょう。マダム・ポンフリーには、私から許可が出たと言いなさい」

ハリーとロンは、罰則を与えられなかったことに半信半疑のまま、その場を立ち去った。角を曲がったとき、マクゴナガル先生が鼻をかむ音が、はっきり聞こえた。

「あれは、君の作り話の中でも最高傑作だったぜ」ロンが熱を込めて言った。

こうなれば、医務室に行ってマダム・ポンフリーに「マクゴナガル先生から許可をもらって、ハーマイオニーの見舞いにきた」と言うほかはない。

マダム・ポンフリーは二人を中に入れたが、しぶしぶだった。

「石になった人に話しかけてもなんにもならないでしょう」と言われながらハーマイオニーのそばの椅子に座ってみると、二人とも「まったくだ」と納得した。見舞客がきていることに、ハーマイオニーが全然気づいていないのは明らかだった。ベッド脇の小机に向かって「心配するな」と話しかけても、効果は同じかもしれない。

「でも、ハーマイオニーが自分を襲ったやつを本当に見たと思うかい?」

ロンが、ハーマイオニーの硬直した顔を悲しげに見ながら言った。

「だって、そいつがこっそり忍び寄って襲ったのだったら、だれも見ちゃいないだろう……」

ハリーは、ハーマイオニーの顔を見てはいなかった。ハーマイオニーの右手に興味を引かれていた。かがんでよく見ると、毛布の上で固く結んだ右手の拳(こぶし)に、くしゃくしゃになった紙切れがにぎりしめられている。

マダム・ポンフリーがあたりにいないことを確認してから、ハリーは、ロンにそのことを教えた。

「なんとか取り出してみて」

ロンは椅子を動かし、マダム・ポンフリーの目にハリーが入らないよう壁になりながらささやいた。

簡単にはいかない。ハーマイオニーの手が紙切れをがっちりにぎりしめているので、紙を破いてしまいそうだった。ロンを見張りに立て、引っ張ったり、ねじったりの緊張の数分の後、ハリーはやっと紙を引っ張り出した。
図書室の、とても古い本のページがちぎり取られていた。ハリーはしわを伸ばすのももどかしく、ロンもかがみ込んで一緒に読んだ。

我らが世界を徘徊する多くの怪獣、怪物の中でも、最もめずらしく、最も破壊的であるという点で、バジリスクの右に出るものはない。「毒蛇の王」とも呼ばれる。この蛇は巨大に成長することがあり、何百年も生き長らえることがある。鶏の卵から生まれ、ヒキガエルの腹の下で孵化される。殺しの方法は非常に特殊で、毒牙による殺傷とは別に、バジリスクのひと睨みが致命的となる。その眼からの光線に捕らわれし者は即死する。蜘蛛が逃げ出すのはバジリスクがくる前触れである。なぜならバジリスクは蜘蛛の天敵だからである。バジリスクにとっての弱点は雄鶏が時をつくる声で、唯一それからは逃げ出す。

この紙の下のほうに、ハリーには見覚えのあるハーマイオニーの筆跡で、一言だけ文字が書かれていた。

「パイプ」

まるでハリーの頭の中で、だれかが電灯をパチンと点けたようだった。

「ロン」ハリーが声をひそめて言った。「これだ。これが答えだ。『秘密の部屋』の怪物はバジリスク――巨大な毒蛇だ！　だから僕があちこちでその声を聞いたんだ。ほかの人には聞こえなかったのは、僕は蛇語がわかるからなんだ……」

ハリーはまわりのベッドを見回した。

「バジリスクは視線で人を殺す。でもだれも死んではいない。――それは、だれも直接目を見ていないからなんだ。コリンはカメラを通して見た。バジリスクが中のフィルムを焼き切ったけど、コリンは石になっただけだ。ジャスティン――ジャスティンは『ほとんど首無しニック』を通して見たにちがいない！　ニックはまともに光線を浴びたけど、二回は死ねない……。ハーマイオニーとレイブンクローの監督生が見つかった現場には鏡が落ちていた。ハーマイオニーは、怪物がバジリスクだってきっと気づいたんだ。絶対まちがいないと思うけど、最初に出会った女子生徒に、どこか角を曲がる際にはまず最初に鏡を見るようにって、きっと忠告したんだ！　そしてその学生が鏡を取り出して——そしたら——」

　ロンは口をポカンと開けていた。

「それじゃ、ミセス・ノリスは？」ロンが小声で急き込んで聞いた。

　ハリーは考え込んだ。ハロウィーンの夜の場面を頭に描いてみた。

「水だ……」ハリーがゆっくりと答えた。「『嘆きのマートル』のトイレから水があふれ出ていた。ミセス・ノリスは水に映った姿を見ただけなんだ……」

　手に持った紙切れに、ハリーはもう一度食い入るように目を通した。読めば読むほど辻褄が合ってくる。

「弱点は、雄鶏が時をつくる声」ハリーは読み上げた。

「ハグリッドの雄鶏が殺された！　『秘密の部屋』が開かれたからには、『スリザリンの継承者』は城の周辺に、雄鶏がいてほしくない。『蜘蛛が逃げ出すのは……前触れ！』なにもかもぴったりだ！」

「だけど、バジリスクはどうやって城の中を動き回っていたんだろう？」ロンはつぶやいた。「とんでもない大蛇だし……だれかに見つかりそうな……」

「配管だ」ハリーが言った。「水道のパイプだよ……ロン、やつは配管を使ってたんだ。僕には壁の中からあの声が聞こえてた」

　ロンは突如ハリーの腕をつかんだ。

「『秘密の部屋』への入口だ！」ロンの声がかすれている。「もしトイレの中だったら？　もし、あの――」

「――『嘆きのマートル』のトイレだったら！」とハリーが続けた。

　信じられないような話だった。体中を興奮が電撃のように走り、二人はただそこにじっと座っていた。

「……ということは」ハリーが口を開いた。

「この学校で蛇語を話せるのは、僕だけじゃないはずだ。『スリザリンの継承者』も話せる。そうやってバジリスクを操ってきたんだ」

「これからどうする？」ロンの目が輝いている。「すぐにマクゴナガルのところへ行こうか？」

「職員室へ行こう」ハリーがはじけるように立ち上がった。「あと十分で、マクゴナガル先生がもどってくるはずだ。休憩時間になる」

　二人は階段を下りた。どこかの廊下でぐずぐずしているところを、また見つかったりしないよう、まっすぐにだれもいない職員室に行った。広い壁を羽目板飾り（はめいたかざ）りにした部屋には、黒っぽい木の椅子がたくさんあった。ハリーとロンは興奮で座る気になれず、室内を往ったり来たりして待った。

ところが休憩時間のベルが鳴らない。代わりに、マクゴナガル先生の声が魔法で拡大され、廊下に響き渡った。

「生徒は全員、それぞれの寮にすぐにもどりなさい。教師は全員、職員室に大至急お集まりください」

ハリーはくるっと振り向き、ロンと目を見合わせた。

「また襲われたのか？　いまになって？」

「どうしよう？」ロンが愕然として言った。「寮にもどるか？」

「いや」ハリーはすばやく周囲を見回した。左側に、やぼったい洋服掛けがあって、先生方のマントがぎっしり詰まっていた。

「さあ、この中に隠れよう。いったいなにが起こったのかを聞くんだ。それから僕たちの発見したことを話そう」

二人は洋服掛けの中に隠れて、頭の上を何百人もがガタガタと移動する音を聞いていた。やがて職員室のドアがバタンと開いた。かび臭いマントのひだの間から、先生方が次々と部屋に入ってくるのが見えた。当惑した顔、怯え切った顔。やがて、マクゴナガル先生がやってきた。

「とうとう起こってしまいました」しんと静まった職員室で、マクゴナガル先生が話し出した。

「生徒が一人、怪物に連れ去られました。『秘密の部屋』そのものの中へです」

フリットウィック先生が思わず悲鳴を上げた。スプラウト先生は口を手で覆った。スネイプは椅子の背をぎゅっとにぎりしめ、「なぜそんなにはっきり言えるのかな？」と聞いた。

「『スリザリンの継承者』がまた伝言を書き残しました」マクゴナガル先生は蒼白な顔で答えた。「最初に残された文字のすぐ下にです。〝彼女の白骨は永遠に『秘密の部屋』に横たわるであろう〟」

フリットウィック先生は、わっと泣き出した。

「だれですか？」腰が抜けたように、椅子にへたり込んだマダム・フーチが聞いた。「どの子です？」

「ジニー・ウィーズリー」マクゴナガル先生が言った。

ハリーは隣で、ロンが声もなくへなへなと崩れ落ちるのを感じた。

「全校生徒を明日、帰宅させなければなりません」マクゴナガル先生だ。「ホグワーツはこれでおしまいです。ダンブルドアはいつもおっしゃっていた……」

職員室のドアがもう一度バタンと開いた。一瞬期待にドキリとした。ハリーはダンブルドアがきたにちがいないと思った。しかし、それはロックハートだった。にっこりほほえんでいるではないか。

「大変失礼しました。――ついうとうとと――なにか聞き逃してしまいましたか？」

先生方が、どう見ても憎しみとしか言えない目つきで、ロックハートを見ていることにも気づかないらしい。スネイプが一歩進み出た。

「なんと、適任者が」スネイプが言った。

「まさに適任だ。ロックハート、女子学生が怪物に拉致（らち）された。『秘密の部屋』そのものに連れ去られた。いよいよあなたの出番がきましたぞ」

ロックハートの顔から血の気が引いた。

「そのとおりだわ、ギルデロイ」スプラウト先生が口を挟んだ。「昨夜でしたね、たしか、『秘密の部屋』への入口がどこにあるか、とっくに知っているとおっしゃったのは？」

「私（わたくし）は――その、私は――」ロックハートはわけのわからない言葉を口走った。

「そうですとも。『部屋』の中になにがいるか知っていると、自信たっぷりにわたしに話しませんでしたか?」フリットウィック先生が追い討ちをかけた。

「い、言いましたかな? 覚えていませんが……」

「我輩はたしかに覚えておりますぞ。ハグリッドが捕まる前に、自分が怪物と対決するチャンスがなかったのは、至極残念だとかおっしゃいましたな」スネイプは意地悪だ。「なにもかも不手際だった、最初から自分の好きなようにやらせてもらうべきだったとか?」

ロックハートは、石のように非情な先生方の顔を見つめた。

「私は……なにもそんな……あなたの誤解では……」

「それでは、ギルデロイ、あなたにおまかせしましょう」マクゴナガル先生が最後通牒を突きつけた。「今夜こそ絶好のチャンスでしょう。だれにもあなたの邪魔をさせはしませんとも。お一人で怪物と取り組むことができますよ。お望みどおり、お好きなように」

ロックハートは絶望的な目でまわりをじっと見つめていたが、助け舟を出してくれる人はだれもいなかった。いまのロックハートはハンサムからは程遠かった。唇はわなわな震え、歯を輝かせたいつものほほえみが消えた顔は、うらなり瓢箪のようだ。

「よ、よろしい」ロックハートが言った。「へ、部屋にもどって、し——支度をしてきます」

ロックハートが出ていった。

「さてと」マクゴナガル先生は鼻の穴をふくらませて言った。「これでやっかいばらいができました。寮監の先生方は寮にもどり、生徒になにが起こったかを知らせてください。明日一番のホグワーツ特急で生徒を帰宅させる、とおっしゃってください。ほかの先生方は、生徒が一人たりとも寮の外に残っていないよう見廻ってください」

先生たちは立ち上がり、一人また一人と急ぎ出ていった。

その日は、ハリーの生涯で最悪の日だったかもしれない。ロン、フレッド、ジョージたちとグリフィンドールの談話室の片隅に腰掛け、互いに押し黙っていた。パーシーはそこにはいなかった。ウィーズリーおじさん、おばさんにふくろう便を飛ばしにいったあと、自分の部屋に閉じこもってしまった。

午後の時間が、こんなに長かったことはいまだかつてなく、これほど人であふれ返っているグリフィンドールの談話室がこんなに静かだったことも、いまだかつてなかった。

日没近く、フレッドとジョージは、そこにじっとしていることがたまらなくなって、寝室に上がっていった。

「ジニーはなにか知っていたんだよ、ハリー」

職員室の洋服掛けに隠れて以来、はじめてロンが口をきいた。

「だから連れていかれたんだ。パーシーのばかばかしいなにかの話じゃなかったんだ。『秘密の部屋』に関することを、なにか見つけたんだ。きっとそのせいでジニーは――」

ロンは激しく目をこすった。

「だって、ジニーは純血だ。ほかに理由があるはずがない」

ハリーは夕日を眺めた。地平線の下に血のように赤い太陽が沈んでいく。――最悪だ。こんなに落ち込んだことはない。なにかできないのか……なんでもいい――。

「ハリー」ロンが話しかけた。「ほんのわずかでも可能性があるだろうか。つまり――ジニーがまだ――」

ハリーは、なんと答えてよいかわからなかった。ジニーがまだ生きているとはとうてい思えない。

「そうだ！　ロックハートに会いにいくべきじゃないかな？」ロンが言った。

「僕たちの知っていることを教えてやるんだ。ロックハートはなんとかして『秘密の部屋』に入ろうとしているんだ。それがどこにあるか、僕たちの考えを話して、バジリスクがそこにいるって、教えてあげよう」

ほかによい考えも思いつかない上にとにかくなにかしたいという思いで、ハリーはロンの考えに賛成した。談話室にいたグリフィンドールの仲間たちはすっかり落ち込んで、気の毒すぎるウィーズリー兄弟に声もかけられず、ハリーとロンの二人が立ち上がっても止めようとしなかった。そのまま二人が談話室を横切り肖像画の出入口から出ていくのをやめさせようとする者は、だれもいなかった。

ロックハートの部屋に向かって歩くうちに、あたりは闇に包まれはじめた。到着したロックハートの部屋は、取り込み中らしかった。カリカリ、ゴツンゴツンに加えてあわただしい足音が聞こえた。

ハリーがノックすると、中が急に静かになった。それからドアがほんの少しだけ開き、ロックハートの目が覗（のぞ）いた。

「あぁ……ポッター君……ウィーズリー君……」ドアがまたほんのわずか開いた。

「私はいま、少々取り込み中なので、急いでくれると……」

「先生、僕たち、お知らせしたいことがあるんです」とハリーが言った。「先生のお役に立つと思うんです」

「あー——いや——いまはあまり都合が——」やっと見える程度のロックハートの横顔が、非常に迷惑そうだった。

「つまり——いや——いいでしょう」

ロックハートはドアを開け、二人は中に入った。

部屋の中はほとんどすべてが取り片づけられていた。床には大きなトランクが二つ置いてあり、片方には、翡翠色、藤色、群青色などのローブがあわてててたたんで突っ込んであり、もう片方には本がごちゃまぜに放り込まれていた。壁一面に飾られていた写真も、いまや机の上にいくつか置かれた箱に押し込まれていた。

「どこかへいらっしゃるのですか？」ハリーが聞いた。

「うー、あー、そう」ロックハートはドアの裏側から等身大の自分のポスターを剥ぎ取り、丸めながらしゃべった。「緊急に呼び出されて……しかたなく……行かなければ……」

「僕の妹はどうなるんですか？」ロンが愕然として言った。

「そう、そのことだが——まったく気の毒なことだ」

ロックハートは二人の目を見ないようにし、引き出しをぐいと開け、中のものをひっくり返してバッグに入れながら言った。

「だれよりも私が一番残念に思っている――」

「『闇の魔術に対する防衛術』の先生じゃありませんか！」ハリーが言った。「こんなときにここから出てはいけないでしょう！　これほどの闇の魔術が起こっているというのに！」

「いや、しかしですね……私がこの仕事を引き受けたときは……」

ロックハートは今度は靴下をローブの上に積み上げながら、もそもそ言った。

「職務内容にはなにも……こんなことは予想だに……」

「先生、逃げ出すっておっしゃるんですか？」ハリーは信じられなかった。「本に書いてあるように、あんなにいろいろなことをなさった先生が？」

「本は誤解を招く」ロックハートは微妙な言い方をした。

「ご自分が書かれたのに！」ハリーがさけんだ。

「まあまあ坊や」ロックハートが背筋を伸ばし、顔をしかめてハリーを見た。

「ちょっと考えればわかることだ。私の本があんなに売れるのは、中に書かれていることを全部私がやったと思うからでね。もしアルメニアの醜い魔法戦士の話だったら、たとえ狼男から村を救ったのがその人でも、本は半分も売れなかったはずですよ。本人が表紙を飾ったら、とても見られたものじゃない。ファッション感覚ゼロだ。要するに、そんなものですよ……」

「それじゃ、先生は、ほかのたくさんの人たちのやった仕事を、自分の手柄になさったんですか？」ハリーはとても信じる気になれなかった。

「ハリーよ、ハリー」

ロックハートは焦れったそうに首を振った。

「そんなに単純なものではない。仕事はしましたよ。まずそういう人たちを探し出す。どうやって仕事をやり遂げたのかを聞き出す。それから『忘却術』をかける。するとその人たちは自分がやった仕事のことを忘れる。私が自慢できるものがあるとすれば、それは『忘却術』ですね。ハリー、大変な仕事ですよ。本にサインをしたり、広告写真を撮ったりすればすむわけではないのですよ。有名になりたければ、倦まず弛まず、長く辛い道のりを歩む覚悟が要る」

ロックハートはトランクをバチンと閉め、鍵をかけた。

「さてと。これで全部でしょう。いや、一つだけ残っている」

ロックハートは杖を取り出し、二人に向けた。

「坊ちゃんたちにはお気の毒ですがね、『忘却術』をかけさせてもらいますよ。私の秘密をぺらぺらそこら中でしゃべったりされたら、もう本が一冊も売れなくなりますからね……」

ハリーは自分の杖に手をかけた。間一髪、ロックハートの杖が振り上げられる寸前に、ハリーが大声でさけんだ。

「エクスペリアームス！　武器よ去れ！」

ロックハートは後ろに吹っ飛んでトランクに足をすくわれ、その上に倒れた。杖は高々と空中に弧を描き、それをロンがキャッチして窓から外に放り投げた。

「スネイプ先生にこの術を教えさせたのが、まちがいでしたね」

ハリーは、ロックハートのトランクを脇のほうに蹴飛ばしながら、激しい口調で言った。ロックハートは、また弱々しい表情にもどってハリーを見上げていた。ハリーは、ロックハートに杖を突きつけたままだった。

「私になにをしろと言うのかね？」ロックハートが力なく言った。「『秘密の部屋』がどこにあるかも知らない。私にはなにもできない」

「運のいい人だ」ハリーは杖を突きつけて、ロックハートを立たせながら言った。「僕たちはそのありかを知っていると思う。中になにがいるかも。さあ、行こう」

ロックハートを追い立てるようにして部屋を出たハリーとロンは、一番近い階段を下り、例の文字が闇の中に光る暗い廊下を通り、「嘆きのマートル」の女子トイレの入口にたどり着いた。

まずロックハートを先に入らせた。ロックハートが震えているのを、ハリーはいい気味だと思った。

「嘆きのマートル」は、一番奥の小部屋のトイレの水槽に座っていた。

「あら、あんたなの」ハリーを見るなりマートルが言った。「今度はなんの用？」

「君が死んだときの様子を聞きたいんだ」

マートルの顔つきがたちまち変わった。こんなに誇らしく、うれしい質問をされたことがないという顔をした。

「おぉぉぉぉぅ、怖かったわ」マートルはたっぷり味わうように言った。「まさにここだったの。この小部屋で死んだのよ。よぉく覚えてるわ。オリーブ・ホーンビーがわたしのメガネのことをからかったものだから、ここに隠れたの。鍵をかけて泣いていたら、だれかが入ってきたわ。なんか変なことを言ってた。外国語だった、と思うわ。とにかくいやだったのは、しゃべってるのが男子だったってこと。だから、出ていけ、男子トイレを使えって言うつもりで鍵を開けて、そしたら――」マートルは偉そうにそっくり返って、顔を輝かせた。「死んだの」

「どうやって？」ハリーが聞いた。

「わからない」マートルがひそひそ声になった。

「覚えてるのは大きな黄色い目玉が二つ。体全体がギュッと金縛りにあったみたいで、それからふーっと浮いて……」

マートルは夢見るようにハリーを見た。

「そして、またもどってきたの。だって、オリーブ・ホーンビーに取っ憑いてやるって固く心に決めてたから。あぁ、オリーブったら、わたしのメガネを笑ったこと、後悔してたわ」

「その目玉、正確に言うとどこで見たの？」とハリーが聞いた。

「あのあたり」マートルは小部屋の前の、手洗い台のあたりを漠然と指さした。

ハリーとロンは急いで手洗い台に近寄った。ロックハートは顔中に恐怖の色を浮かべて、ずっと後ろのほうに下がっていた。

普通の手洗い台と変わらないように見えた。二人は隅々まで調べた。内側、外側、下のパイプの果てまで。そして、ハリーの目が捕らえた――銅製の蛇口の横に、引っかいたような小さなヘビの形が彫ってある。

「その蛇口、壊れっぱなしよ」ハリーが蛇口をひねろうとすると、マートルが機嫌よく言った。

「ハリー、なにか言ってみろよ。蛇語でなにかを」ロンが言った。

「でも――」ハリーは必死で考えた。なんとか蛇語が話せたのは、本物のヘビに向かっているときだけだった。小さな彫物をじっと見つめて、ハリーはそれが本物であると想像してみた。

「開け」

ロンの顔を見ると、首を横に振っている。

「普通の言葉だよ」

ハリーはもう一度ヘビを見た。本物のヘビだと思い込もうとした。首を動かしてみると、蠟燭の明かりで、彫物が動いているように見えた。

「開け」もう一度言った。

言ったはずの言葉は聞こえてこなかった。代わりに奇妙なシューシューという音が、口から出た。そして、蛇口がまばゆい白い光を放ち、回りはじめ、次の瞬間には手洗い台自体が動き出した。手洗い台が沈み込み、見る見る消え去っていったあとに、太い配管の丸い口がむき出しになった。大人一人が滑り込めるほどの太さだ。

ハリーはロンが息を呑む声で、ふたたび目を上げた。なにをすべきか、もうハリーの心は決まっていた。

「僕はここを降りる」ハリーが言った。

行かないではいられない。「秘密の部屋」への入口が見つかった以上、ほんのかすかな可能性でもジニーがまだ生きているかもしれない以上、行かなければならない。

「僕も行く」ロンが言った。

一瞬の空白があった。

「さて、私はほとんど必要ないようですね」ロックハートが、得意のスマイルの残骸のような笑いを浮かべた。「では、これで――」

ロックハートがドアの取っ手に手をかけたところで、ロンとハリーが同時に杖をロックハートに向けた。

「先に降りるんだ」ロンが凄んだ。

顔面蒼白で杖もなく、ロックハートは配管の入口に近づいた。

「君たち」ロックハートは弱々しい声で言った。「ねえ、君たち、それがなんの役に立つと言うんだね？」

ハリーはロックハートの背中を杖で小突いた。ロックハートは足を配管の中に滑り込ませた。

「本当になんの役にも――」

ロックハートがまた言いかけたが、ロンの一押しで、ロックハートは滑り落ちて見えなくなった。すぐあとにハリーが続いた。ゆっくりと配管の中に入り込み、それから手を離した。

果てのない、ぬるぬるした暗い滑り台を急降下していくようだった。あちこちで四方八方に枝分かれしている管が見えたが、自分たちが降りていく配管より太いものはなかった。その配管は曲りくねりながら、下に向かって急勾配で続いている。ハリーは、学校の下を深く、地下牢よりも一層深く落ちていくのがわかった。あとからくるロンがカーブを通るたびにドスンドスンと軽くぶつかる音を立てるのが聞こえた。

底に着地したらどうなるのだろうと、ハリーが不安に思いはじめたそのとき、管が平らになったと思ったら出口から放り出され、ドスッと湿った音を立てて暗い石のトンネルのじめじめした床に落ちた。トンネルは立ち上がるに十分な高さがあった。ロックハートが少し離れたところで、全身べとべとになってゴーストのように白い顔をして立ち上がるところだった。ロンもヒューッと降りてきたので、ハリーは配管の出口をあけるため横に避けた。

「学校の何キロも、ずうっと下にちがいない」ハリーの声がトンネルの闇に反響した。

「湖の下だよ。たぶん」暗いぬるぬるした壁を目を細めて見回しながら、ロンが言った。

三人とも、目の前に続く闇をじっと見つめた。

「ルーモス！　光よ！」ハリーが杖（つえ）に向かってつぶやくと、杖に灯（あか）りが点（とも）った。

「行こう」ハリーがあとの二人に声をかけ、三人は歩き出した。足音が、湿った床にピシャッピシャッと大きく響いた。

トンネルは真っ暗で、目と鼻の先しか見えない。杖灯りで湿っぽい壁に映る三人の影が、おどろおどろしかった。

「みんな、いいかい」そろそろと前進しながら、ハリーが低い声で言った。「なにかが動く気配を感じたら、すぐ目をつぶるんだ……」

しかし、トンネルは墓場のように静まり返っていた。最初に耳慣れない音を聞いたのは、ロンがなにかを踏んづけたバリンという大きな音で、それはネズミの頭蓋骨だった。ハリーが杖を床に近づけてよく見ると、小さな動物の骨がそこいら中に散らばっていた。ジニーが見つかったとき、どんな姿になっているのだろう……そんな思いを必死に振りはらいながら、ハリーは暗いトンネルのカーブを、先頭に立って曲がった。

「ハリー、あそこになにかある……」

ロンの声がかすれ、ハリーの肩をぎゅっとつかんだ。三人は凍りついたように立ち止まって、行く手を見つめた。トンネルを塞ぐように、なにか大きくて曲線を描いたものがあった。輪郭だけが辛うじて見える。そのものはじっと動かない。

「眠っているのかもしれない」

ハリーは息をひそめ、後ろの二人をちらりと振り返った。ロックハートは両手でしっかりと目を押さえていた。ハリーはまた前方を見た。心臓の鼓動が痛いほど速くなった。

ゆっくりと、ぎりぎり物が見える程度に、できるかぎり目を細くし、ハリーは杖を高く掲げて、その物体にじりじりと近寄った。

杖灯りが照らし出したのは、巨大な蛇の抜け殻だった。毒々しい鮮やかな緑色の皮が、トンネルの床にとぐろを巻いて横たわっている。脱皮した蛇は、優に六メートルはあるにちがいない。

「なんてこった」ロンが力なく言った。

後ろのほうで急になにかが動いた。ギルデロイ・ロックハートが腰を抜かしていた。

「立て」ロンが、ロックハートに杖を向け、きつい口調で言った。ロックハートは立ち上がり――ロンに飛びかかって床に押し倒した。

ハリーが前に飛び出したが、間に合わなかった。ロックハートは肩で息をしながら立ち上がった。ロンの杖をにぎり、輝くようなスマイルがもどっている。

「坊やたち、お遊びはこれでおしまいだ！　私はこの皮を少し学校に持って帰り、女の子を救うには遅すぎたとみんなに言おう。君たち二人はずたずたになった無残な死骸を見て、哀れにも精神に異状をきたしたと言おう。さあ、記憶に別れを告げるがいい！」

ロックハートはスペロテープで貼りつけたロンの杖を頭上にかざし、一声さけんだ。

「オブリビエイト！　忘れよ！」

杖は小型爆弾なみに爆発した。ハリーは、蛇のとぐろを巻いた抜け殻（がら）につまずき、滑りながら両手でさっと頭を覆って逃げた。トンネルの天井から、雷のような轟音を響かせて大きな塊（かたまり）がバラバラと崩れ落ちてきた。轟音の収まったあと、目の前に岩の塊が固い壁のように立ちはだかっているのをじっと見ながら、ハリーはたった一人でそこに立っていた。

「ローン！」ハリーがさけんだ。「大丈夫か？　ロン！」

「ここだよ！」ロンの声は崩れ落ちた岩石の陰からぼんやりと聞こえた。

「僕は大丈夫だ。でもこっちのばかはだめだ。――杖で吹っ飛ばされた」

ドンと鈍い音に続いて「あいたっ！」と言う大きな声が聞こえた。ロンが、ロックハートの向こう脛を蹴飛ばしたような音だった。

「さあ、どうする？」ロンの声は必死だった。「こっちからは行けないよ。何年もかかってしまう……」

ハリーはトンネルの天井を見上げた。巨大な割れ目ができている。ハリーはこれまで、こんな岩石の山のような大きなものを、魔法で砕いてみたことがなかった。はじめてそれに挑戦するには、タイミングがよいとは言えない。――トンネル全体がつぶれたらどうなる？

岩の向こうから、また「ドン」が聞こえ、「あいたっ！」が聞こえた――時間がむだに過ぎていく。ジニーが『秘密の部屋』に連れ去られてから何時間も経っている。――ハリーには、道は一つしかないことがわかっていた。

「そこで待ってて」ハリーはロンに呼びかけた。

「ロックハートと一緒に待ってて。僕が先に進む。もし、一時間経ってもどらなかったら……」

もの問いたげな沈黙があった。

「僕は、少しでもここの岩石を取り崩してみるよ」ロンは、懸命に落ち着いた声を出そうとしているようだった。「そうすれば君が――帰りにここを通れるからね。だからハリー――」

「それじゃ、またあとでね」

ハリーは震える声に、なんとか自信をたたき込むように言った。そして、ハリーはたった一人、巨大な蛇の皮を越えて先に進んだ。

ロンが力を振りしぼって、岩石を動かそうとしている音もやがて遠くなり、聞こえなくなった。トンネルはくねくねと何度も曲がった。体中の神経がきりきりと不快に痛んだ。ハリーはトンネルの終わりがくればよいと思いながらも、その先に待つものを思うと、恐ろしくもあった。もう一つの曲り角をそっと曲がったとたん、ついに前方に固い壁が見えた。二匹のヘビがからみ合った彫刻が施してあり、ヘビの目には輝く大粒のエメラルドがはめ込んである。

ハリーは近づいていった。喉がカラカラだ。今度は石のヘビを本物だと思い込む必要はなかった。ヘビの目が妙に生き生きしている。

なにをすべきか、ハリーには想像がついた。咳ばらいをした。するとエメラルドの目がチラチラと輝いたようだった。

「開け」低く幽かなシューシューという音が出た。

壁が二つに裂け、からみ合っていたヘビが分かれ、両側の壁が、するすると滑るように見えなくなった。ハリーは、頭のてっぺんから爪先まで震えながら、その中に入っていった。

第17章　スリザリンの継承者

ハリーは細長く奥へと延びる、薄明かりの部屋の端に立っていた。またしてもヘビがからみ合う彫刻を施した石の柱が上へ上へとそびえ、暗闇に吸い込まれて見えない天井を支えている。妖(あや)しい緑がかった幽明(ゆうめい)の中に、何本も連なる石柱が黒々とした影を落としていた。

早鐘のように鳴る胸を押さえ、ハリーは凍るような静けさに耳を澄ませていた。――バジリスクは、柱の陰の暗い片隅に潜んでいるのだろうか？　ジニーはどこにいるのだろう？

杖(つえ)を取り出し、ハリーは左右一対になったヘビの柱の間を前進した。一歩一歩そっと踏み出す足音が、薄暗い壁に反響した。目を細めて、わずかな動きでもあればすぐに閉じられるようにした。彫物のヘビの虚(うつ)ろな眼窩(がんか)が、ハリーの姿をずっと追っているように思える。一度ならず、ヘビの目がギロリと動いたような気がして、胃がざわついた。

最後の柱の一対までくると、壁を背に天井に届くほど大きな石像が立っている。

巨大な石像の顔を、ハリーは首を伸ばして見上げた。年老いた猿のような顔に、細長い顎ひげがその魔法使いの流れるような石のローブの裾のあたりまで延び、その下には灰色の巨大な足が二本、滑らかな床を踏みしめている。そして、その足の間に、燃えるような赤毛の、黒いローブの小さな姿がうつ伏せに横たわっていた。

「ジニー！」小声でさけび、ハリーは小さな姿のそばに駆け寄り、膝をついて名を呼んだ。

「ジニー！　死んじゃだめだ！　お願いだから生きていて！」

ハリーは杖を脇に投げ捨て、ジニーの肩をしっかりつかんで仰向けにした。ジニーの顔は大理石のように白く冷たく、目は固く閉じられていたが、石にされてはいなかった。しかし、それならジニーはもう……。

「ジニー、お願いだ。目を覚まして」

ハリーはジニーを揺さぶり、必死でつぶやいた。ジニーの頭はだらりと虚しく垂れ、ぐらぐらと揺すられるままに動いた。

「その子は目を覚ましはしない」物静かな声がした。

ハリーはぎくりとして、膝をついたまま振り返った。

背の高い、黒髪の少年が、すぐそばの柱にもたれてこちらを見ていた。まるで曇りガラスの向こうにいるかのように、輪郭が奇妙にぼやけている。しかし、まぎれもなくあの人物だ。

「トム――トム・リドル？」

ハリーの顔から目を離さず、リドルはうなずいた。

「目を覚まさないって、どういうこと？」ハリーは絶望的になった。「ジニーはまさか――まさか――？」

「その子はまだ生きている。しかし、辛うじてだ」

ハリーはリドルをじっと見つめた。トム・リドルがホグワーツにいたのは五十年前だ。それなのに、そこにリドルが立っている。薄気味の悪いぼんやりした光が、その姿のまわりに漂っている。十六歳のまま、一日も日が経っていないかのように。

「君はゴーストなの？」ハリーはわけがわからなかった。

「記憶だよ」リドルが静かに言った。「日記の中に、五十年間残されていた記憶だ」

リドルは、石像の巨大な足の指のあたりの床を指さした。ハリーが「嘆きのマートル」のトイレで見つけた小さな黒い日記が、開かれたまま置いてあった。一瞬、ハリーはいったいどうしてここにあるのだろうと不思議に思ったが――いや、もっと緊急にしなければならないことがある。

「トム、助けてくれないか」ハリーはジニーの頭をもう一度持ち上げながら言った。「ここからジニーを運び出さなけりゃ。バジリスクがいるんだ……。どこにいるかわからないけど、いまにも出てくるかもしれない。お願い、手伝って……」

リドルは動かない。ハリーは汗だくになって、やっとジニーの体を半分床から持ち上げ、杖を拾おうともう一度体をかがめた。

杖がない。

「君、知らないかな、僕の――」

ハリーが見上げると、リドルはまだハリーを見つめていた。――すらりとした指でハリーの杖をくるくるもてあそんでいる。

「ありがとう」ハリーは手を、杖に伸ばした。

リドルが口元をきゅっと上げてほほえんだ。じっとハリーを見つめ続けたまま、所在なげに杖をくるくる回し続けている。

「聞いてるのか」ハリーは急き立てるように言った。ぐったりしているジニーの重みで、膝がくりとなりそうだった。

「ここを出なきゃならないんだよ！　もしもバジリスクがきたら……」

「呼ばれるまでは、きやしない」リドルが落ち着きはらって言った。

ハリーはジニーをまた床に下ろした。もう支えていることができなかった。

「なんだって？　さあ、杖をよこしてよ。必要になるかもしれないんだ」

リドルのほほえみがますます広がった。

「君には必要にはならないよ」

ハリーはリドルをじっと見た。

「どういうこと？　必要にはならないって？」

「僕はこの時をずっと待っていたんだ。ハリー・ポッター。君に会えるチャンスをね。君と話すのをね」

「いいかげんにしてくれ」ハリーはいよいよがまんできなくなった。「君にはわかっていないようだ。いま、僕たちは『秘密の部屋』にいるんだ。話ならあとでできる」

「いま、話すんだよ」

リドルは相変わらず笑いを浮かべたまま、ハリーの杖をポケットにしまい込んだ。

ハリーは驚いてリドルを見た。たしかになにかおかしなことが起こっている。

「ジニーはどうしてこんなふうになったの？」ハリーがゆっくりと切り出した。

「そう、それはおもしろい質問だ」リドルが愛想よく言った。「しかも話せば長くなる。ジニー・ウィーズリーがこんなふうになった本当の原因は、だれなのかわからない、目に見えない人物に心を開き、己が秘密を洗いざらい打ち明けたことだ」

「言っていることがわからないけど？」

「あの日記は、僕の日記だ。ジニーのおチビさんは何か月もの間、その日記にばかばかしい心配事や悩みを書き続けた。兄さんたちがからかう、お下がりの本やローブで学校に行かなければならない、それに――」リドルの目がキラッと光った。

「有名な、素敵な、偉大なハリー・ポッターが、自分のことを好いてくれることは絶対にないだろうとか……」

こうして話しながらも、リドルの目は、一瞬もハリーの顔から離れなかった。むさぼるような視線だった。

「十一歳の小娘のたわいない悩み事を聞いてあげるのは、まったくうんざりだったよ」

リドルの話は続く。

「でも僕は辛抱強く返事を書いたよ。同情してあげたし、親切にもしてあげた。ジニーはもう夢中になった。『トム、あなたほど、あたしのことをわかってくれる人はいないわ……なんでも打ち明けられるこの日記があってどんなにうれしいか……まるでポケットの中に入れて運べる友達がいるみたい……』」

リドルは声を上げて笑った。似つかわしくない、冷たいかん高い笑いだった。ハリーは背筋がぞくっとした。

「自分で言うのもどうかと思うけど、ハリー、僕は必要となれば、いつでもだれでも惹きつけることができる。だからジニーは、僕に心を打ち明けることで自分の魂を僕に注ぎ込んだんだ。ジニーの魂、それこそ僕の欲しいものだった。僕はジニーの心の深層の恐れ、暗い秘密を餌食にして、だんだん強くなった。おチビちゃんとは比較にならないくらい強力になった。十分に力が満ちたとき、僕の秘密をウィーズリーのチビに少しだけ与え、僕の魂をおチビちゃんに注ぎ込みはじめた……」

「それはどういうこと？」ハリーは喉がカラカラだった。

「まだ気づかないのかい？　ハリー・ポッター？」リドルの口調は柔らかだ。「ジニー・ウィーズリーが『秘密の部屋』を開けたんだよ。学校の雄鶏を絞め殺したのも、壁に脅迫の文字を書きなぐったのも、ジニーだ。四人の『穢れた血』や『できそこない』の飼い猫に、『スリザリンの蛇』を仕掛けたのもジニーだ」

「まさか」ハリーはつぶやいた。

「そのまさかだ」リドルは落ち着きはらっていた。「ただし、ジニーははじめのうち、自分がやっていることをまったく自覚していなかった。おかげで、なかなかおもしろかったよ。しばらくして日記になにを書きはじめたか、君に読ませてやりたかったよ……前よりずっとおもしろくなった……。親愛なるトム――」

ハリーの愕然（がくぜん）とした顔を眺めながら、リドルは空で、読みあげはじめた。

「あたし、記憶喪失になったみたい。ローブが鶏の羽だらけなのに、どうしてそうなったのかわからないの。ねえ、トム、ハロウィーンの夜、自分がなにをしたか覚えてないの。でも、猫が襲われて、あたしのローブの前にペンキがべっとりついてたの。ねえ、トム、パーシーがあたしの顔色がよくないって、なんだか様子がおかしいって、しょっちゅうそう言うの。きっとあたしを疑ってるんだわ……。今日もまた一人襲われたのに、あたし、自分がどこにいたか覚えてないの。トム、どうしたらいいの？　あたし、気が変になったんじゃないかしら……。トム、きっとみんなを襲ってるのは、あたしなんだわ！」

ハリーは、爪が手のひらに食い込むほどギュッと拳(こぶし)をにぎりしめた。

「ばかなジニーのチビが、日記を信用しなくなるまでに、ずいぶん時間がかかった。しかし、とうとう変だと疑いはじめ、捨てようとした。そこへ、ハリー、君が登場した。君が日記を見つけたんだ。僕は最高にうれしかったよ。こともあろうに、君が拾ってくれた。僕が会いたいと思っていた君が……」

「それじゃ、どうして僕に会いたかったんだ？」

怒りが体中を駆け巡り、声を落ち着かせることさえ難しかった。

「そうだな。ジニーがハリー、君のことをいろいろ聞かせてくれたからね。君のすばらしい経歴をだ」

リドルの目が、ハリーの額(ひたい)の稲妻形の傷のあたりをなめるように見た。むさぼるような表情が一層あらわになった。

「君のことをもっと知らなければ、できれば会って話をしなければならないと、僕にはわかっていた。だから君を信用させるため、あのウドの大木のハグリッドを捕まえた有名な場面を見せてやろうと決めた」

「ハグリッドは僕の友達だ」ハリーの声は、ついにわなわなと震え出した。「それなのに、君はハグリッドをはめたんだ。そうだろう？　僕は君が勘違いしただけだと思っていたのに……」

リドルはまたかん高い笑い声を上げた。

「僕の言うことを信じるかハグリッドを信じるか、二つに一つだったんだよ、ハリー。アーマンド・ディペットじいさんが、それをどういうふうに取ったか、わかるだろう。一人はトム・リドルという、貧しいが優秀な生徒。孤児だが勇敢そのものの監督生で模範生。もう一人は、図体ばかりでかくてドジなハグリッド。一週間おきに問題を起こす生徒だ。狼人間の子をベッドの下で育てようとしたり、こっそり抜け出して『禁じられた森』に行ってトロールと相撲を取ったり。しかし、あんまり計画どおりに運んだので、張本人の僕が驚いたことは認めるよ。だれか一人ぐらい、ハグリッドが『スリザリンの継承者』ではありえない、と気づくにちがいないと思っていた。この僕でさえ、『秘密の部屋』についてできるかぎりのことを探り出し、秘密の入口を発見するまでに五年もかかったんだ。……ハグリッドに、そんな脳みそがあるか！ そんな力があるか！」

「たった一人、『変身術』のダンブルドア先生だけが、ハグリッドは無実だと考えたらしい。ハグリッドを学校に置き、家畜番、森番として訓練するようにディペットを説得した。そう、たぶんダンブルドアには察しがついていたんだ。ほかの先生方はみな僕がお気に入りだったが、ダンブルドアだけはちがっていたようだ」

「きっとダンブルドアは、君のことをとっくにお見通しだったんだ」

ハリーはぎゅっと歯を食いしばった。

「そうだな。ハグリッドが退学になってから、ダンブルドアはたしかに僕をしつこく監視(かんし)するようになった」リドルはこともなげに言った。

「僕の在学中に『秘密の部屋』をふたたび開けるのは危険だと、僕にはわかっていた。しかし、探索に費した長い年月をむだにするつもりはない。日記を残して、十六歳の自分をその中に保存しようと決心した。いつか時が巡ってくれば、だれかに僕の足跡を追わせて、サラザール・スリザリンの崇高(すうこう)な仕事を成し遂げることができるだろうと」

「君はそれを成し遂げてはいないじゃないか」ハリーは勝ち誇ったように言った。

「今度はだれも死んではいない。猫一匹たりとも。あと数時間すればマンドレイク薬ができ上がり、石にされたものは、みんな無事に、元にもどるんだ」

「まだ言ってなかったかな？」リドルが静かに言った。「『穢(けが)れた血(ち)』の連中を殺すことは、もう僕にとってはどうでもいいことなんだと。この数か月間、僕の新しい狙いは――君だった」

ハリーは目をみはってリドルを見た。

「それからしばらくして、僕の日記をまた開いて書き込んだのが、君ではなくジニーだった。僕はどんなに怒ったか。ジニーは、君が日記を持っているのを見てパニックになった――君が日記の使い方を見つけてしまったら？　僕が君に、ジニーの秘密を全部しゃべってしまうかもしれない。もっと悪いことに、もし僕が鶏を絞め殺した犯人を君に教えたらどうしよう？――そこで、ばかな小娘は、君たちの寝室にだれもいなくなるのを見計らって、日記を取りもどしにいった。しかし、僕には自分がなにをすべきかがわかっていた。君がスリザリンの継承者の足跡を確実に追跡していると、僕にははっきりわかっていた。ジニーから君のことをいろいろ聞かされていたから、どんなことをしてでも君は謎を解くだろうと僕にはわかっていた。――君の仲良しの一人が襲われたのだからなおさらだ。それに、君が蛇語を話すというので、学校中が大騒ぎだと、ジニーが教えてくれた……」

「そこで僕は、ジニーに自分の遺書を壁に書かせ、ここに下りてきて待つように仕向けた。

ジニーは泣いたりわめいたりして、とても退屈だったよ。しかし、この子の命はもうあまり残されてはいない。あまりにも日記に注ぎ込んでしまった。つまりこの僕に。僕は、おかげでついに日記を抜け出すまでになった。僕とジニーとで、君が現れるのをここで待っていた。君がくることはわかっていたよ。ハリー・ポッター、僕は君にいろいろ聞きたいことがある」

「いったいなにを？」ハリーは拳（こぶし）を固くにぎったまま、吐き捨てるように言った。

「そうだな」リドルは愛想よくほほえみながら言った。「これといって特別な魔力も持たない赤ん坊が、不世出の偉大な魔法使いをどうやって破った？　ヴォルデモート卿（きょう）の力が打ち砕かれたのに、君のほうは、たった一つの傷痕（きずあと）だけで逃れたのはなぜだ？」

むさぼるような目に、奇妙な赤い光がチラチラと漂っている。

「僕がなぜ逃れたのか、どうして君が気にするんだ？」ハリーは慎重に言った。「ヴォルデモート卿は君よりあとに出てきた人だろう」

「ヴォルデモートは」リドルの声は静かだ。「僕の過去であり、現在であり、未来なのだ……ハリー・ポッターよ」

ポケットからハリーの杖（つえ）を取り出し、リドルは空中に文字を書いた。三つの言葉が揺らめきながら淡く光った。

TOM MARVOLO RIDDLE（トム・マールヴォロ・リドル）

もう一度杖を振ると、名前の文字が並び方を変えた。

I AM LORD VOLDEMORT（俺様はヴォルデモート卿だ）

「わかったね？」リドルがささやいた。

「この名前はホグワーツ在学中にすでに使っていた。もちろん親しい友人にしか明かしていないが。汚らわしいマグルの父親の姓を、僕がいつまでも使うと思うかい？　母方の血筋にサラザール・スリザリンその人の血が流れているこの僕が？　汚らしい俗なマグルの名前を、僕の生まれる前に母が魔女だというだけで捨てたやつの名前を、僕がそのまま使うと思うかい？　ハリー、ノーだ。僕は自分の名前を自分でつけた。ある日必ずや、魔法界のすべてが口にすることを恐れる名前を。その日がくることを僕は知っていた。僕が世界一偉大な魔法使いになるその日が！」

ハリーは脳が停止したような気がした。麻痺した頭でリドルを見つめた。この孤児の少年がやがておとなになり、ハリーの両親を、そして他の多くの魔法使いを殺したのだ。

しばらくしてハリーはやっと口を開いた。

「ちがうな」静かな声に万感の憎しみがこもっていた。

「なにが？」リドルが切り返した。

「君は世界一偉大な魔法使いじゃない」ハリーは息を荒らげていた。「君をがっかりさせて気の毒だけど、世界一偉大な魔法使いはアルバス・ダンブルドアだ。みんなそう言っている。君が強大だったときでさえ、ホグワーツを乗っ取ることはおろか、手出しさえできなかった。ダンブルドアは、君が在学中は君のことをお見通しだったし、君がどこに隠れていようと、いまだに君はダンブルドアを恐れている」

ほほえみが消え、リドルの顔が醜悪になった。

「ダンブルドアは僕の記憶にすぎないものによって追放され、この城からいなくなった！」リドルは歯を食いしばった。

「ダンブルドアは、君の思っているほど、遠くに行ってはいないぞ！」ハリーが言い返した。リドルを怖がらせるために、とっさに思いついた言葉だった。本当にそうだと確信しているというよりは、そうあってほしいと願っていた。

リドルは口を開いたが、その顔が凍りついた。

どこからともなく音楽が聞こえてきたのだ。リドルはくるりと振り返り、がらんとした部屋をずっと奥まで見渡した。音楽は次第に大きくなる。妖しい、背筋がぞくぞくするような、この世のものとも思えない旋律だ。ハリーの毛はざわっと逆立ち、心臓が二倍の大きさにふくれ上がったような気がした。やがてその旋律が最高潮となり、ハリーの胸の中で肋骨を震わせるように感じたとき、すぐそばの柱の頂上に炎が燃え上がった。

白鳥ほどの大きさの深紅の鳥が、ドーム型の天井に、その不思議な旋律を響かせながら姿を現した。孔雀の羽のように長い金色の尾羽を輝かせ、まばゆい金色の爪にボロボロの包みをつかんでいる。

一瞬の後、鳥はハリーに向かってまっすぐ飛翔し、運んできたボロをハリーの足元に落としてその肩にずしりと止まった。大きな羽をたたんで肩に止まっている鳥を、ハリーは見上げた。長く鋭い金色の嘴に、真っ黒な丸い目が見えた。

鳥は歌うのをやめ、ハリーの頬にじっとその温かな体を寄せて、しっかりとリドルを見据えた。

「不死鳥だな……」リドルは、鋭い目で鳥を睨み返した。

「フォークスか?」ハリーはそっとつぶやいた。すると金色の爪が、肩をやさしくギュッとつかむのを感じた。

「そして、それは――」リドルが、フォークスの落としたボロに目をやった。「古い『組分け帽子』だ」

そのとおりだった。つぎはぎだらけでほつれた薄汚い帽子は、ハリーの足元でぴくりともしなかった。

リドルがまた笑いはじめた。その高笑いは暗い部屋に大きく反響し、まるで十人のリドルが一度に笑っているようだった。

「ダンブルドアが送ってきた援軍はそんなものか！　歌い鳥に古帽子じゃないか！　ハリー・ポッター、さぞかし心強いだろう？　もう安心だと思うか？」

ハリーは答えなかった。フォークスや「組分け帽子」が、なんの役に立つのかはわからない。しかし、もうハリーはひとりぼっちではなかった。リドルが笑い止むのを待つうちに、ふつふつと勇気がたぎってきた。

「ハリー、本題に入ろうか」リドルはまだ昂然と笑みを浮かべている。

「二回も――君の過去に、僕にとっては未来にだが――僕たちは出会った。そして二回とも僕は君を殺しそこねた。君はどうやって生き残った？　すべて聞かせてもらおうか」

そしてリドルは静かにつけ加えた。

「長く話せば、君はそれだけ長く生きていられることになる」

ハリーはすばやく考えを巡らし、勝つ見込みを計算した。リドルは杖を持っている。ハリーにはフォークスと「組分け帽子」があるが、どちらも決闘の役に立つとは思えない。完全に不利だ。しかし、こうしているうちにも、ジニーの命はますます減っていく……。反対に、こうしているうちに、リドルの輪郭がはっきり、しっかりしてきたことにハリーは気づいた――自分とリドルとの一騎打ちになるなら、一刻も早いほうがいい――。

「君が僕を襲ったとき、どうして君が力を失ったのかは、だれにもわからない」

ハリーは唐突に話しはじめた。

「僕自身にもわからない。でも、なぜ君が僕を殺せなかったかだったら、僕にはわかる。母が、僕をかばって死んだからだ。母は普通の、マグル生まれの母だ」

ハリーは、押さえつける怒りにわなわな震えていた。

「君が僕を殺すのを、母が食い止めたんだ。僕は本当の君を見たぞ。去年のことだ。落ちぶれた残骸だ。辛うじて生きている。君の力のなれの果てだ。君は逃げ隠れしている！　醜い！　汚らわしい！」

リドルの顔が歪んだ。それからむりやり、ぞっとするような笑顔を取り繕った。

「そうか。母親が君を救うために死んだ。なるほど。それは呪いに対する強力な反対呪文だ。わかったぞ――結局君自身には特別なものはなにもないわけだ。実はなにかあるのかと思っていたんだ。ハリー・ポッター、なにしろ僕たちには不思議に似たところがある。君も気づいただろう。二人とも純血ではなく、孤児で、マグルに育てられた。偉大なるスリザリン様ご自身以来、ホグワーツに入学した生徒の中で、蛇語を話せるのはたった二人だけだろう。見た目もどこか似ている……。しかし、僕の手から逃れられたのは、結局幸運だったからにすぎないのか。ふん、それだけわかれば十分だ」

ハリーは、いまにもリドルが杖を振り上げるだろうと、体を固くした。しかし、リドルの歪んだ笑いはまたもや広がった。

「さて、ハリー。少し揉んでやろう。サラザール・スリザリンの継承者ヴォルデモート卿の力と、ダンブルドアがくれた精一杯の武器を手にした有名なハリー・ポッターと、お手合わせ願おうか」

リドルはフォークスと「組分け帽子」をからかうように一瞥してその場を離れた。

ハリーは感覚のなくなった両足に恐怖が広がっていくのを感じながら、リドルを見つめた。リドルは一対の高い柱の間で立ち止まり、はるか上のほうで半分暗闇に覆われているスリザリンの石像の顔を見上げた。横に大きく口を開くと、シューシューという音が漏れた――ハリーにはリドルの言っていることがわかった。

「スリザリンよ。ホグワーツ四強の中で最強の者よ。我に話したまえ」

ハリーが向きを変えて石像を見上げた。フォークスもハリーの肩の上で揺れた。

スリザリンの巨大な石の顔が動いている。恐怖に打ちのめされながらハリーは、石像の口がだんだん広がっていき、ついに大きな黒い穴になるのを見ていた。

なにかが、石像の口の中でうごめいていた。そのなにかが、奥のほうからズルズルと這い出てきた。

ハリーは「秘密の部屋」の暗い壁にぶつかるまで、後ずさりした。目を固く閉じた瞬間、フォークスが飛び立ち、翼が頬をこするのを感じた。ハリーは「僕をひとりにしないでくれ！」とさけびたかった。しかし、蛇の王の前で、不死鳥に勝ち目などあるだろうか？

巨大ななにかが部屋の石の床に落ちる振動が伝わってきた。なにが起こっているか、ハリーにはわかっていた。感覚でわかる。スリザリンの口から出てきた巨大な蛇が、とぐろを解いているのが目に見えるようだ。リドルの低いシューッという声が聞こえてきた。

「あいつを殺せ」

バジリスクがハリーに近づいてくる。埃っぽい床をズルッズルッとずっしりした胴体を滑らせる音が聞こえる。ハリーは目をしっかり閉じたまま手を伸ばし、手探りで横に走って逃げようとした。リドルの笑う声がする……。

ハリーはつまずき、石の床でしたたかに顔を打った。口の中で血の味がした。毒蛇はすぐそばまできている。近づく音が聞こえる。

ハリーの真上で破裂するようなシャーッシャーッという大きな音がした。重い力がハリーにぶつかり、その強烈な衝撃でハリーは壁に打ちつけられた。いまにも毒牙が体にズブリと突き刺さるかと覚悟したとき、ハリーの耳に異様に乱れたシューシューという音と、のた打ち回ってなにかを柱にたたきつける音が聞こえた。

もうがまんできなかった。ハリーはできるだけ細く目を開け、起こっていることを見ようとした。

巨大な蛇だ。テラテラと毒々しい鮮緑色の、樫の木のように太い胴体を高々と宙にくねらせ、その巨大な鎌首は酔ったように柱と柱の間を縫って動き回っていた。ハリーは身震いし、蛇がこちらを見たら、すぐに目をつぶろうと身構えた刹那、ハリーは、蛇の気を逸らせているものを見た。

フォークスが、蛇の鎌首の周囲を飛び回り、バジリスクはサーベルのように長く鋭い毒牙でしゃにむに何度も空を噛んでいた。

フォークスが急降下した。長い金色の嘴がどこかにズブリと突き刺さり、フォークスの姿が急に見えなくなった。そのとたん、どす黒い血が吹き出し、ボタボタと床に降り注いだ。毒蛇の尾がのたうち、危うくハリーを打ちそうになった。ハリーが目を閉じる間もなく蛇はこちらを振り向いた。ハリーは、真正面から蛇の頭を――そして、その目を見た。大きな黄色い球のような目は、両眼とも不死鳥につぶされていた。おびただしい血が床に流れ、バジリスクは苦痛にのたうち回っていた。

「ちがう！」リドルがさけぶ声が聞こえた。「鳥にかまうな！　放っておけ！　小童は後ろだ！　臭いでわかるだろう！　殺せ！」

盲目の蛇は、混乱してふらふらしていたとはいえ、まだ危険だった。フォークスが蛇の頭上を輪を描きながら飛び、不思議な旋律を歌いながらバジリスクの鱗で覆われた鼻面をところかまわず突ついた。バジリスクのつぶれた目からは、ドクドクと血が流れ続けている。

「助けて。助けて。だれか、だれか！」ハリーは夢中で口走った。

バジリスクの尾が、また大きく一振りして床の上を掃いた。ハリーが身をかわしたそのとき、柔らかいものがハリーの顔に当たった。

バジリスクの尾が「組分け帽子」を吹き飛ばして、ハリーの腕に放ってよこしたのだ。ハリーはそれをしっかりつかんだ。もうこれしか残されていない。最後の頼みの綱だ。ハリーは帽子をぐいっとかぶり、床にぴたりと身を伏せた。その頭上を掃くように、バジリスクの尾がまた通り過ぎた。

「助けて……助けて……」帽子の中でしっかりと目を閉じながら、ハリーは祈った。「お願い、助けて」

答えはなかった。しかし、見えない手でぎゅっとしぼられたかのように、帽子が縮んだ。

固くてずしりと重い物がハリーの頭に落ちてきた。ハリーは危うく脳震盪を起こしそうになり目から火花を飛ばしながらも、帽子の先端をつかんでぐいっと脱いだ。長くて固い物が手に触れた。

帽子の中から、まばゆい光を放つ銀の剣が出てきた。柄には卵ほどもあるルビーが輝いている。

「小童を殺せ！　鳥にかまうな！　小童はすぐ後ろだ！　臭いだ――嗅ぎ出せ！」

ハリーはすっくと立って身構えた。バジリスクは胴体をハリーのほうにねじらせて柱をたたきつけ、とぐろをくねらせながら鎌首をもたげた。バジリスクの頭がハリーめがけて落ちてくる。巨大な両眼から血を流しているのが見える。丸ごとハリーを飲み込むほど大きく口をカッと開けているのが見える。ハリーの剣ほど長いずらりと並んだ鋭い牙が、ぬめぬめと毒々しく光って……。

バジリスクがやみくもにハリーに襲いかかってきた。ハリーはすんでのところでかわし、蛇は壁にぶつかる。ふたたび襲ってきた。今度は、裂けた舌先がハリーの脇腹に打ち当たった。ハリーは諸手（もろて）で剣を、高々と掲げた。

三度目の攻撃は、狙いたがわず、まともにハリーをとらえていた。ハリーは全体重を剣に乗せ、鍔（つば）に届くほど深く、毒蛇の口の中にズブリと突き刺した。

生暖かい血がハリーの両腕をどっぷりと濡らすと同時に、肘（ひじ）のすぐ上に焼けつくような痛みが走った。長い毒牙（どくが）が一本、ハリーの腕に突き刺さり、徐々に深く食い込んでいくところだった。毒牙の破片をハリーの腕に残したまま牙が折れ、バジリスクはドッと横ざまに床に倒れてひくひくと痙攣（けいれん）した。

ハリーは壁にもたれたまま、ずるずると崩れ落ちた。体中に毒をまき散らしている牙をしっかりつかみ、力のかぎりにぐいと引き抜いた。しかし、もう遅すぎることはわかっていた。傷口からズキズキと灼熱の痛みがゆっくり、しかし確実に広がっていく。牙を捨て、ローブが自分の血で染まっていくのを見つめながら、すでにハリーの目は霞みはじめていた。「秘密の部屋」がぼんやりした暗色の渦の中に消え去りつつあった。

真紅の影がすっと横切る。そしてハリーの横にカタカタと静かな爪音を響かせた。

「フォークス」ハリーはもつれる舌でつぶやいた。「君はすばらしかったよ、フォークス」

毒蛇の牙が貫いた腕の傷に、フォークスがその美しい頭を預けるのをハリーは感じた。

足音が響き、ハリーの前に暗い影が立った。

「ハリー・ポッター、君は死んだ」上のほうからリドルの声がした。「死んだ。ダンブルドアの鳥にさえそれがわかるらしい。鳥がなにをしているか、見えるかい？　泣いているよ」

ハリーは瞬きした。フォークスの頭が一瞬はっきり見え、すぐまたぼやけた。真珠のような涙がポロポロと、そのつややかな羽毛を伝って滴り落ちていた。

「ハリー・ポッター、僕はここに座って、君の臨終を見物させてもらおう。ゆっくりやってくれ。僕は急ぎはしない」

ハリーは眠かった。まわりのものがすべてくるくると回っているようだった。

「これで有名なハリー・ポッターもおしまいだ」遠くでリドルの声がする。「たった一人、『秘密の部屋』で、友人にも見捨てられ、愚かにも挑戦した闇の帝王についに敗北して……。もうすぐ、『穢れた血』の恋しい母親の許にもどれるのだ、ハリー……君の命を、十二年延ばしただけだった母親に……。しかし、ヴォルデモート卿は結局君の息の根を止めた。そうなることは、君もわかっていたはずだ」

――これが死ぬということなら、それほど悪くない――ハリーは思った。痛みさえ薄らいでいく……。

――しかしこれが死ぬということなのか？――真っ暗闇になるどころか『秘密の部屋』がまたはっきりと見え出した。ハリーは頭を振ってみた。フォークスがそこにいた。ハリーの腕にその頭を休めたままだ。傷口のまわりが、ぐるりと真珠のような涙で覆われている。――しかも、その傷さえ消えていた。

「鳥め、どけ」突然リドルの声がした。「そいつから離れろ。聞こえないのか。どけ！」

ハリーが頭を起こすと、リドルがハリーの杖をフォークスに向けていた。鉄砲のようなバーンという音とともに、フォークスは金色と真紅の輪を描きながらふたたび舞い上がった。

「不死鳥の涙……」リドルが、ハリーの腕をじっと見つめながら低い声で言った。「そうだ……癒しの力……忘れていた……」リドルはハリーの顔をじっと見た。「しかし、結果は同じだ。むしろこのほうがいい。一対一だ。ハリー・ポッター……二人だけの勝負だ……」リドルが杖を振り上げた。

すると、激しい羽音とともにフォークスが頭上に舞いもどって、ハリーの膝になにかをポトリと落とした――日記だ。

ほんの一瞬、ハリーも、杖を振り上げたままのリドルも、日記を見つめた。そして、なにも考えず、ためらいもせず、まるではじめからそうするつもりだったかのように、ハリーはそばに落ちていたバジリスクの牙をつかみ、日記帳の真芯にズブリと突き立てた。

恐ろしい、耳をつんざくような悲鳴が長々と響いた。日記帳からインクが激流のようにほとばしり、ハリーの手の上を流れ、床を浸した。リドルは身をよじり、悶え、悲鳴を上げながらのたうち回って……消えた。

ハリーの杖が床に落ちてカタカタと音を立て、そして静寂が訪れた。インクが日記帳から浸み出し、ポタポタと落ち続ける音だけが静けさを破っていた。バジリスクの猛毒に真ん中を貫かれて、日記帳はジュウジュウと焼け爛れた穴を残していた。体中を震わせ、ハリーはやっと立ち上がった。煙突飛行粉で、何キロも旅をしたあとのようにくらくらしていた。ゆっくりとハリーは杖を拾い、「組分け帽子」を拾い、そして満身の力を込めて、バジリスクの上顎を貫いていたまばゆい剣を引き抜いた。

「秘密の部屋」の隅のほうからかすかなうめき声が聞こえてきた。ジニーが動いていた。ハリーが駆け寄ると、ジニーは身を起こした。とろんとした目で、ジニーはバジリスクの巨大な死骸を見、ハリーを見、血に染まったハリーのローブに目をやった。そしてハリーの手にある日記を見た。とたんにジニーは身震いして大きく息を呑んだ。涙がどっとあふれた。

「ハリー——あぁ、ハリー——あたし、朝食のテーブルであなたに打ち明けようとしたの。でも、パーシーの前では、い、言えなかった。ハリー、あたしがやったの——でも、あたし——そ、そんなつもりじゃなかった。う、嘘じゃないわ——リ、リドルがやらせたの。あたしに乗り移ったの——そして——ハリー、いったいどうやってあれをやっつけたの？——あんなすごいものを？　リドルはど、どこ？　リドルが日記帳から出てきて、そのあとのことは、お、憶えていないわ――」

「もう大丈夫だよ」

ハリーは日記を持ち上げ、その真ん中の毒牙で焼かれた穴を、ジニーに見せた。

「リドルはおしまいだ。見てごらん！　リドル、それにバジリスクもだ。おいで、ジニー。早くここを出よう――」

「あたし、退学になるわ！」

ハリーはさめざめと泣くジニーを、ぎごちなく支えて立ち上がらせた。

「あたし、ビ、ビルがホグワーツに入ってからずっと、この学校に入るのを楽しみにしていたのに、も、もう退学になるんだわ。――パパやママが、な、なんて言うかしら？」

フォークスが入口の上を浮かぶように飛んで、二人を待っていた。ハリーはジニーを促して歩かせ、死んで動かなくなったバジリスクのとぐろを乗り越え、薄暗がりに足音を響かせながらトンネルへともどってきた。背後で石の扉が、シューッと低い音を立てて閉じるのが聞こえた。

暗いトンネルを数分歩くと、遠くのほうからゆっくりと岩がずれ動く音が聞こえてきた。

「ロン！」ハリーは足を速めながらさけんだ。「ジニーは無事だ！　ここにいるよ！」

ロンが、胸の詰まったような歓声を上げるのが聞こえた。二人は次の角を曲がった。崩れ落ちた岩の間にロンが作った、かなり大きな隙間の向こうに、待ち切れないようなロンの顔が覗いていた。

「ジニー！」ロンが隙間から腕を突き出して、最初にジニーを引っ張った。「生きてたのか！　夢じゃないだろうな！　いったいなにがあったんだ？」

ロンが抱きしめようとすると、ジニーはしゃくり上げ、ロンを寄せつけなかった。

「でも、ジニー、もう大丈夫だよ」ロンがにっこり笑いかけた。「もう終わったんだよ、もう。——あの鳥はどっからきたんだい？」

フォークスが、ジニーのあとから隙間をスイーッとくぐって現れた。

「ダンブルドアの鳥だ」ハリーが狭い隙間をくぐり抜けながら答えた。

「それに、どうして剣なんか持ってるんだ？」

ロンはハリーの手にしたまばゆい武器をまじまじと見つめた。

「ここを出てから説明するよ」ハリーはジニーのほうをちらっと横目で見ながら言った。

「でも――」

「あとにして」ハリーが急いで言った。

だれが「秘密の部屋」を開けたのかを、いま、ロンに話すのは好ましくない。いずれにしても、ジニーの前では言わないほうがよいと考えた。

「ロックハートはどこ？」

「あっちのほうだ」

ロンはニヤッとして、トンネルから配管へと向かう道筋を顎でしゃくった。

「調子が悪くてね。きて見てごらん」

フォークスの広い真紅の翼が闇に放つ、柔らかな金色の光に導かれ、三人は配管の出口まで引き返した。ギルデロイ・ロックハートがひとりでおとなしく鼻歌を歌いながらそこに座っていた。

「記憶を失くしてる。『忘却術』が逆噴射して、僕たちでなく自分にかかっちゃったんだ。自分がだれなのか、いまどこにいるのか、僕たちがだれなのか、ちんぷんかんぷんさ。ここにきて待ってるように言ったんだ。この状態でひとりで放っておくと、けがしたりして危ないからね」

ロックハートは人の好さそうな顔で、闇を透かすようにして三人を見上げた。

「やあ、なんだか変わったところだね。ここに住んでいるの?」ロックハートが聞いた。

「いや」ロンは、ハリーのほうにちょっと眉を上げて目配せした。

ハリーはかがんで、上に伸びる長く暗い配管を見上げた。

「どうやって上までもどるか、考えてた?」ハリーが聞いた。

ロンは首を横に振った。すると不死鳥のフォークスがスイーッとハリーの後ろから飛んできて、ハリーの前に先回りして羽をパタパタ言わせた。ビーズのような目が闇に明るく輝いている。長い金色(こんじき)の尾羽(おばね)を振っている。ハリーはポカンとしてフォークスを見た。

「つかまれって言ってるように見えるけど……」ロンが当惑した顔をした。「でも鳥が上まで引っ張り上げるには、君は重すぎるな」

「フォークスは普通の鳥じゃない」ハリーはハッとして二人に言った。「みんなで手をつながなきゃ。ジニー、ロンの手につかまって。ロックハート先生は――」

「君のことだよ」ロンが強い口調でロックハートに言った。

「先生は、ジニーの空いてるほうの手につかまって」

ハリーは剣(つるぎ)と「組分け帽子」をベルトに挟んだ。ロンは、ハリーのローブの背中のところにつかまり、ハリーは手を伸ばしてフォークスの不思議に熱い尾羽をしっかりとつかんだ。

全身が異常に軽くなった気がした。次の瞬間、ヒューッと風を切って、四人は配管を上に向かって昇っていった。下のほうにぶら下がっているロックハートが放つ「すごい、すごい！　まるで魔法のようだ！」と驚く声がハリーに聞こえてきた。ひんやりした空気がハリーの髪を打つ。楽しんでいるうちに飛行は終わり、四人は「嘆きのマートル」のトイレの湿った床に着地した。ロックハートが帽子をまっすぐにかぶりなおしている間に、配管を覆い隠していた手洗い台がするすると元の位置にもどった。

マートルがじろじろと四人を見た。

「生きてるの」マートルはポカンとしてハリーに言った。

「そんなにがっかりした声を出さなくてもいいじゃないか」

ハリーは、メガネについた血やベトベトを拭(ぬぐ)いながら、真顔で言った。

「あぁ……わたし、ちょうど考えてたの。もしあんたが死んだら、わたしのトイレに一緒に住んでもらったらうれしいなって」

マートルは頬をポッと銀色に染めた。

「うへー！」トイレから出て、暗い人気のない廊下に立つと、ロンが言った。「ハリー、マートルは君に熱を上げてるぜ！　ジニー、ライバルだ！」

しかし、ジニーは声も出さずに、まだボロボロ涙を流していた。

「さあ、どこへ行く？」

ジニーを心配そうに見ながら、ロンが言った。ハリーは指で示した。

フォークスが金色の光を放って、廊下を先導する。四人は急ぎ足でフォークスに従った。まもなく、マクゴナガル先生の部屋の前に出た。

ハリーはノックして、ドアを押し開いた。

第18章　ドビーのごほうび

ハリー、ロン、ジニー、ロックハートが、泥まみれの姿で（ハリーはその上血まみれで）戸口に立つと、一瞬沈黙が流れた。そしてさけび声が上がった。

「ジニー！」

ウィーズリー夫人だった。暖炉の前に座り込んで泣き続けていたウィーズリー夫人が、飛び上がってジニーに駆け寄り、ウィーズリー氏もすぐあとに続いた。二人は娘に飛びついて抱きしめた。

しかしハリーの目は、ウィーズリー親子を通り越した先を見ていた。暖炉のそばでは、マクゴナガル先生と並んでダンブルドア先生がほほえんでいる。マクゴナガル先生は胸を押さえて、スーッと大きく深呼吸し、落ち着こうとしていた。フォークスはハリーの耳元をヒュッとかすめ、ダンブルドアの肩に止まった。それと同時に、ハリーもロンも、ウィーズリー夫人にきつく抱きしめられていた。

「あなたたちがあの子を助けてくれた！　あの子の命を！　どうやって――どうやって助けたの？」

「私たち全員がそれを知りたいと思っていますよ」マクゴナガル先生がぽつりと言った。

ウィーズリー夫人がハリーから腕を離した。ハリーはちょっと躊躇った後、机まで歩いていき、「組分け帽子」とルビーのはめられた剣、それにリドルの日記の残骸をその上に置いた。

ハリーは一部始終を語りはじめた。十五分も話したろうか、聞き手は魅せられたようにしんとして聞き入った。姿なき声を聞いたこと、それが水道管の中を通るバジリスクだとハーマイオニーがついに気づいたこと、ロンと二人でクモを追って森に入ったこと、アラゴグが、バジリスクの最後の犠牲者がどこで死んだかを話してくれたこと、「嘆きのマートル」がその犠牲者ではないか、そしてトイレのどこかに「秘密の部屋」の入口があるのではないかとハリーが考えたこと……。

「そうでしたか」

マクゴナガル先生は、ハリーがちょっと息を継いだ間に、先を促すように言った。

「それで入口を見つけたわけですね――その間、約百の校則を粉々に破ったと言っておきましょう。――でもポッター、どうやって、全員生きてその部屋を出られたというのですか？」

さんざん話して声がかすれてきたが、ハリーは話を続けた。フォークスがちょうどよいときに現れたこと、「組分け帽子」が剣をハリーにくれたこと。しかし、ここでハリーは言葉を途切らせた。それまではリドルの日記のこと――ジニーのこと――に触れないようにしてきた。ジニーは、ウィーズリーおばさんの肩に頭をもたせかけて立っている。まだ涙がポロポロと静かに頬を伝って落ちていた。――ジニーが退学させられたらどうしよう？　混乱した頭でハリーは考えた。リドルの日記はもうなにもできない……。ジニーがしたことは、リドルがやらせていたのだと、どうやって証明できるだろう？

本能的に、ハリーはダンブルドアを見た。ダンブルドアがかすかにほほえみ、暖炉の火が、半月形のメガネにちらちらと映った。

「わしが一番興味があるのは」ダンブルドアがやさしく言った。「ヴォルデモート卿が、どうやってジニーに魔法をかけたかということじゃな。わしの個人的情報によれば、ヴォルデモートは、現在アルバニアの森に隠れているらしいが」

——よかった。——温かい、すばらしい、うねるような安堵感が、ハリーの全身を包んだ。

「な、なんですって?」ウィーズリー氏がきょとんとした声を上げた。

「『例のあの人』が? ジニーに、ま、魔法をかけたと? でも、しかしジニーはそんな……ジニーはこれまでそんな……それとも本当に?」

「この日記だったんです」

ハリーは急いでそう言うと、日記を取り上げ、ダンブルドアに見せた。

「リドルは十六歳のときに、これを書きました」

ダンブルドアはハリーの手から日記を取り、長い折れ曲がった鼻の上から日記を見下ろし、焼け焦げてぶよぶよになったページを熱心に眺め回した。

「見事じゃ」ダンブルドアが静かに言った。

「たしかに、彼はホグワーツ始まって以来、最高の秀才だったと言えるじゃろう」

次にダンブルドアは、さっぱりわからないという顔をしているウィーズリー一家に向きなおった。

「ヴォルデモート卿が、かつてトム・リドルと呼ばれていたことを知る者は、ほとんどいない。わし自身、五十年前、ホグワーツでトムを教えた。卒業後、トムは消えてしまった……遠くへ。そして方々に旅をし……闇の魔術にどっぷりと沈み込み、魔法界で最も好ましからざる者たちと交わり、危険な変身を何度も重ねて、ヴォルデモート卿としてふたたび姿を現したときには、昔の面影をまったく残してはおらなかった。あの聡明でハンサムな男の子、かつてここで首席だった子を、ヴォルデモート卿と結びつけて考える者は、ほとんどいなかった」

「でも、ジニーが」ウィーズリー夫人が聞いた。「うちのジニーが、その――その人と――なんの関係が？」

「その人の、に、日記なの！」ジニーがしゃくり上げた。「あたし、いつもその日記に、か、書いていたの。そしたら、その人が、あたしに今学期中ずっと、返事をくれたの――」

「ジニー！」ウィーズリー氏が仰天してさけんだ。「パパはおまえに、なんにも教えてなかったと言うのかい？　パパがいつも言ってただろう？　脳みそがどこにあるか見えないのに、ひとりで勝手に考えることができるものは信用しちゃいけないって、そう教えただろう？　どうして日記をパパかママに見せなかったんだ？　そんな妖しげなもの、闇の魔術が詰まっているに決まっているじゃないか！」

「あたし、し、知らなかったの」ジニーがまたしゃくり上げた。「ママが準備してくれた本の中にこれがあったの。あたし、だれかがそこに置いていって、すっかり忘れてしまったんだろうって、そ、そう思った……」

「ミス・ウィーズリーはすぐに医務室に行きなさい」

ダンブルドアが、きっぱりした口調でジニーの話を中断した。

「苛酷な試練じゃったろう。処罰はなし。もっと年上の、もっと賢い魔法使いでさえ、ヴォルデモート卿にたぶらかされてきたのじゃ」

ダンブルドアはつかつかと出口まで歩いていって、ドアを開けた。

「安静にして、それに、熱い湯気の出るようなココアをマグカップ一杯飲むがよい。わしはいつもそれで元気が出る」

ダンブルドアはキラキラ輝く目で、やさしくジニーを見下ろしていた。

「マダム・ポンフリーはまだ起きておる。マンドレイクのジュースをみなに飲ませたところでな――バジリスクの犠牲者たちが、いまにも目を覚ますじゃろう」

「じゃ、ハーマイオニーは大丈夫なんだ！」ロンがうれしそうに言った。

「回復不能の障害はなにもなかった」ダンブルドアが答えた。

ウィーズリー夫人がジニーを連れて出ていった。ウィーズリー氏も、まだ動揺がやまない様子だったが、あとに続いた。

「のう、ミネルバ」

ダンブルドアが、マクゴナガル先生に向かって考え深げに話しかけた。

「これは一つ、盛大に祝宴を催す価値があると思うんじゃが。厨房(ちゅうぼう)にそのことを知らせにいってはくれまいか？」

「わかりました」マクゴナガル先生はきびきびと答え、ドアに向かった。「ポッターとウィーズリーの処置は先生におまかせしてよろしいですね？」

「もちろんじゃ」ダンブルドアが答えた。

マクゴナガル先生もいなくなり、ハリーとロンは、不安げにダンブルドア先生を見つめた。

――マクゴナガル先生が「処置はまかせる」って、どういう意味なんだろう？　まさか――まさか――僕たち処罰されるなんてことはないだろうな？

「わしの記憶では、きみたちがこれ以上校則を破ったら、二人を退校処分にせざるをえないと言いましたな」ダンブルドアが言った。

ロンは、恐怖で口をパクリと開いた。

「どうやらだれにでも過ちはあるものじゃな。わしも前言撤回じゃ」

ダンブルドアはほほえんでいる。

「二人とも『ホグワーツ特別功労賞』を授与される。それに――そうじゃな――うむ、一人につき二〇〇点ずつグリフィンドールに与えよう」

ロンの顔が、まるでロックハートのバレンタインの花のように、明るいピンク色に染まった。口も閉じた。

「しかし、一人だけ、この危険な冒険における自分の役割について、恐ろしく物静かな者がおるようじゃ」ダンブルドアが続けた。「ギルデロイ、ずいぶんと控え目じゃな。どうした？」

ハリーはびっくりした。ロックハートのことをすっかり忘れていた。振り返ると、ロックハートは、まだ曖昧なほほえみを浮かべて、部屋の隅に立っていた。ダンブルドアに呼びかけられると、ロックハートは肩越しに自分の後ろを見て、だれが呼びかけられたのかを見ようとした。

「ダンブルドア先生」ロンが急いで言った。「『秘密の部屋』で事故があって、ロックハート先生は――」

「わたしが、先生？」ロックハートがちょっと驚いたように言った。「おやまあ、さぞかしわたしは役立たずのだめ先生だったでしょうね？」

「ロックハート先生が『忘却術』をかけようとしたら、杖が逆噴射したんです」

ロンは静かにダンブルドアに説明した。

「なんと」ダンブルドアは首を振り、長い銀色の口ひげが小刻みに震えた。

「自らの剣に貫かれたか、ギルデロイ！」

「剣？」ロックハートがぼんやりと言った。「剣なんか持っていませんよ。でも、その子が持っています」ギルデロイはハリーを指さした。「その子が剣を貸してくれますよ」

「ロックハート先生も医務室に連れていってくれんかね？」ダンブルドアがロンに頼んだ。「わしはハリーとちょっと話したいことがある……」

ロックハートはのんびりと出ていった。ロンはドアを閉めながら、ダンブルドアとハリーを好奇心あふれる目でちらっと見た。

ダンブルドアは暖炉のそばの椅子に腰掛けた。

「ハリー、お座り」ダンブルドアに言われて、ハリーは胸騒ぎを覚えながら椅子に座った。

「まずは、ハリー、礼を言おう」ダンブルドアの目がまたキラキラと輝いた。

「『秘密の部屋』の中で、きみはわしに真の信頼を示してくれたにちがいない。それでなければ、フォークスはきみのところに呼び寄せられなかったはずじゃ」

ダンブルドアは、膝(ひざ)の上で羽を休めている不死鳥をなでた。ハリーはダンブルドアに見つめられ、ぎごちなく笑った。

「それで、きみはトム・リドルに会ったわけだ」ダンブルドアは考え深げに言った。「たぶん、きみに並々ならぬ関心を示したことじゃろうな……」

ハリーの心にしくしく突き刺さっていたなにかが、突然口をついで飛び出した。

「ダンブルドア先生……。僕が自分に似ているってリドルが言ったんです。不思議に似通(にかよ)っているって、そう言ったんです……」

「ほぉ、そんなことを？」

ダンブルドアはふさふさした銀色の眉の下から、思慮深い目をハリーに向けた。

「それで、ハリー、きみはどう思うかね？」

「僕、あいつに似ているとは思いません！」

ハリーの声は、自分でも思いがけないほど大きかった。

「だって、僕は——僕はグリフィンドール生です。僕は……」

しかし、ハリーはふと口をつぐんだ。ずっともやもやしていた疑いがまた首をもたげた。

「先生」しばらくしてまたハリーは口を開いた。「『組分け帽子』が言ったんです。僕が、僕がスリザリンでうまくやっていけただろうにって。みんなは、しばらくの間、僕をスリザリンの継承者だと思っていました……僕が蛇語(へびご)が話せるから……」

「ハリー」ダンブルドアが静かに言った。「きみはたしかに蛇語を話せる。なぜなら、ヴォルデモート卿(きょう)が――サラザール・スリザリンの最後の子孫じゃが――蛇語を話せるからじゃ。わしの考えがだいたい当たっているなら、ヴォルデモートがきみにその傷を負わせたあの夜、自分の力の一部をきみに移してしまった。もちろん、そうしようと思ってしたことではないがのう……」

「ヴォルデモートの一部が僕に？」ハリーは雷に打たれたようなショックを受けた。

「どうもそのようじゃ」

「それじゃ、僕はスリザリンに入るべきなんだ」

ハリーは絶望的な目でダンブルドアの顔を見つめた。

「『組分け帽子』が僕の中にあるスリザリンの力を見抜いて、それで――」

「きみをグリフィンドールに入れたのじゃ」ダンブルドアは静かに言った。

「ハリー、よくお聞き。サラザール・スリザリンが自ら選び抜いた生徒は、スリザリンが誇りに思っていたさまざまな資質を備えていた。きみもたまたまそういう資質を持っておる。スリザリン自身の、希なる能力である蛇語……機知に富む才知……断固たる決意……やや規則を無視する傾向」

ダンブルドアはまた口ひげをいたずらっぽく震わせた。

「それでも『組分け帽子』はきみをグリフィンドールに入れた。きみはその理由を知っておる。考えてごらん」

「帽子が僕をグリフィンドールに入れたのは」ハリーは打ちのめされたような声で言った。「僕がスリザリンに入れないでって頼んだからにすぎないんです……」

「そのとおり」ダンブルドアがまたほほえんだ。

「それだからこそ、きみがトム・リドルとはちがう者だという証拠になるのじゃ。ハリー、自分が本当に何者かを示すのは、持っている能力ではなく、自分がどのような選択をするかということなんじゃよ」

ハリーは呆然として、身動きもせず椅子に座っていた。

「きみがグリフィンドールに属するという証拠が欲しいなら、ハリー、これをもっとよぉく見てみるとよい」

ダンブルドアはマクゴナガル先生の机の上に手を伸ばし、血に染まったあの銀の剣を取り上げ、ハリーに手渡した。ハリーはぼんやりと剣を裏返した。ルビーが暖炉の灯りできらめいた。そのとき、鍔のすぐ下に刻まれている名前がハリーの目に入った。

ゴドリック・グリフィンドール

「真のグリフィンドール生だけが、帽子から、思いもかけないこの剣を取り出してみせることができるのじゃよ、ハリー」ダンブルドアはそれだけを言った。

一瞬、二人とも無言だった。それから、ダンブルドアがマクゴナガル先生の引き出しを開け、羽根ペンとインク壷を取り出した。

「ハリー、きみには食べ物と睡眠が必要じゃ。祝いの宴に行くがよい。わしはアズカバンに手紙を書く――森番を返してもらわねばのう。それに、『日刊予言者新聞』に出す広告を書かねば」ダンブルドアは考え深げに言葉を続けた。「『闇の魔術に対する防衛術』の新しい先生が必要じゃ。なんとまあ、またまたこの学科の先生がいなくなってしもうた。のう？」

ハリーは立ち上がってドアのところへ行った。取っ手に手をかけたとたん、ドアが勢いよく向こう側から開いた。あまりに乱暴に開いたので、ドアが壁に当たって跳ね返ってきた。

ルシウス・マルフォイが怒りをむき出しにして立っていた。その腕の下で、包帯をぐるぐる巻きにして縮こまっているのは、ドビーだ。

「こんばんは、ルシウス」ダンブルドアが機嫌よく挨拶した。

マルフォイ氏は、さっと部屋の中に入ってきた。その勢いでハリーを突き飛ばしそうになった。恐怖の表情を浮かべた惨めなドビーが、その後ろから、マントの裾の下に這いつくばるようにして小走りについてきた。

「それで！」ルシウス・マルフォイが、ダンブルドアを冷たい目で見据えた。「お帰りになったわけだ。理事たちが停職処分にしたのに、まだ自分がホグワーツ校にもどるのにふさわしいとお考えのようで」

「はて、さて、ルシウスよ」ダンブルドアは静かにほほえんでいる。「今日、あなた以外の十一人の理事がわしに連絡をくれた。正直なところ、まるでふくろうのどしゃ降りにあったかのようじゃった。アーサー・ウィーズリーの娘が殺されたと聞いて、理事たちがわしにすぐもどって欲しいと頼んできた。結局、この仕事に一番向いているのは、このわしだと思ったらしいのう。それから奇妙な話をみなが聞かせてくれての。もともとわしを停職処分にしたくはなかったが、それに同意しなければ、家族を呪ってやるとあなたに脅された、と考えておる理事が何人かいるのじゃ」

マルフォイ氏の青白い顔がいっそう蒼白になった。しかし、その細い目はまだ怒りに燃えていた。

「すると――あなたはもう襲撃をやめさせたとでも？」マルフォイ氏が嘲るように言った。「犯人を捕まえたのかね？」

「捕まえた」ダンブルドアはほほえんだ。

「それで？」マルフォイ氏が鋭く言った。「だれなのかね？」

「前回と同じ人物じゃよ、ルシウス。しかし、今回のヴォルデモート卿は、ほかの者を使って行動した。この日記を利用してのう」

ダンブルドアは真ん中に大きな穴の開いた、小さな黒い本を取り上げた。その目はマルフォイ氏を見据えていた。しかし、ハリーはドビーを見つめていた。

しもべ妖精はまったく奇妙なことをしていた。大きな目で、いわくありげにハリーのほうをじっと見て、日記を指さしては次にマルフォイ氏を指さし、それから拳で自分の頭をガンガンなぐりつけるのだ。

「なるほど……」マルフォイ氏はしばらく間を置いてから言った。

「狡猾な計画じゃ」

ダンブルドアはマルフォイ氏の目をまっすぐ見つめ続けながら、抑揚を抑えた声で続けた。

「なぜなら、もし、このハリーが――」

マルフォイ氏はハリーにちらりと鋭い視線を投げた。

「友人のロンとともに、この日記を見つけておらなかったら、おお――ジニー・ウィーズリーがすべての責めを負うことになったやもしれん。ジニー・ウィーズリーが自分の意思で行動したのではないと、いったいだれが証明できようか……」

マルフォイ氏は無言だった。突然、能面のような顔になった。

「そうなれば――」ダンブルドアの言葉が続いた。「いったいなにが起こったか、考えてみるがよい……。ウィーズリー一家は純血の家族の中でも最も著名な一族のひとつじゃ、アーサー・ウィーズリーと、その手によってできた『マグル保護法』にどんな影響があるか、考えてみるがよい。法を作った自分の娘がマグル出身の者を襲い、殺していることが明るみに出たらどうなったか。幸いなことに日記は発見され、リドルの記憶は日記から消し去られた。さもなくば、いったいどういう結果になっていたか想像もつかん……」

マルフォイ氏はむりやり口を開いた。

「それは幸運な」ぎこちない言い方だった。

その背後で、ドビーはまだ指差し続けていた。まず日記帳、それからルシウス・マルフォイを指し、それから自分の頭にパンチを食らわせていた。

ハリーは突然理解した。ドビーに向かってうなずくと、ドビーは隅へと引っ込み、自分を罰するために今度は耳をねじりはじめた。

「マルフォイさん。ジニーがどうやって日記を手に入れたか、知りたいと思われませんか？」ハリーが言った。

ルシウス・マルフォイがハリーを向いて食ってかかった。

「ばかな小娘がどうやって日記を手に入れたか、なんで私が知らなきゃならんのだ？」

「あなたが日記をジニーに与えたからです」ハリーが答えた。「フローリシュ・アンド・ブロッツ書店で。ジニーの古い『変身術』の教科書を拾い上げて、その中に日記を滑り込ませた。そうでしょう？」

マルフォイ氏の蒼白（そうはく）になった両手がギュッとにぎられ、また開かれるのを、ハリーは見逃さなかった。

「なにを証拠に」食いしばった歯の間からマルフォイ氏が言った。

「ああ、だれも証明はできんじゃろう」

ダンブルドアはハリーにほほえみながら言った。

「リドルが日記から消え去ってしまったいまとなってはのう。しかしルシウス、忠告しておこう。ヴォルデモート卿の昔の学用品をバラまくのはもうやめにすることじゃな。もし、またその類の物が、罪もない人の手に渡るようなことがあるとすれば、だれよりもまずアーサー・ウィーズリーが、その入手先をあなただと突き止めることじゃろうよ……」

ルシウス・マルフォイは一瞬立ちすくんだ。杖に手を伸ばしたくてたまらないというふうに、右手がぴくぴく動くのがハリーにははっきりと見えた。しかし、代わりにマルフォイ氏はしもべ妖精のほうを向いた。

「ドビー、帰るぞ！」

マルフォイ氏はドアをぐいっとこじ開け、ドビーがあわててマルフォイのそばまでやってくると、ドアの向こう側までドビーを蹴飛ばした。廊下を歩いている間中、ドビーが痛々しいさけび声を上げているのが聞こえた。ハリーはその場に立ち尽くしたまま、必死で考えを巡らせた。そして、思いついた。

「ダンブルドア先生」ハリーが急いで言った。「その日記をマルフォイさんにお返ししてもよろしいでしょうか？」

「よいとも、ハリー」ダンブルドアが静かに言った。「ただし、急ぐがよいぞ。宴会じゃ。忘れるでないぞ」

ハリーは日記を鷲づかみにし、部屋から飛び出した。ドビーの苦痛の悲鳴が廊下の角を曲がって遠のきつつあった。

――果たしてこの計画はうまく行くだろうか――。急いでハリーは靴を脱ぎ、ドロドロに汚れた靴下の片方を脱ぎ、日記をその中に詰めた。それから暗い廊下を走った。ハリーは階段の一番上で二人に追いついた。

「マルフォイさん」

ハリーは息をはずませ、急に止まったので横滑りしながら呼びかけた。

「僕、あなたに差し上げるものがあります」

そしてハリーはプンプン臭う靴下をマルフォイ氏の手に押しつけた。

「なんだ――？」

マルフォイ氏は靴下を引きちぎるように剥ぎ取り、中の日記を取り出し、靴下を投げ捨て、それから怒りもあらわに日記の残骸(ざんがい)からハリーに目を移した。

「君もそのうち、親と同じに不幸な目にあうぞ。ハリー・ポッター」口調は柔らかだった。

「連中もお節介の愚か者だった」

マルフォイ氏は立ち去ろうとした。

「ドビー、こい――こいと言ってるのが聞こえんか！」

ドビーは動かなかった。ハリーのドロドロの汚らしい靴下をにぎりしめ、それが貴重な宝物ででもあるかのようにじっと見つめていた。

「ご主人様がドビーめに靴下を片方くださった」しもべ妖精は驚嘆(きょうたん)して言った。

「ご主人様が、これをドビーにくださった」

「なんだと？」マルフォイ氏が吐き捨てるように言った。「いま、なんと言った？」

「ドビーが靴下の片方をいただいた」

信じられないという口調だった。

「ご主人様が投げてよこした。ドビーが受け取った。だからドビーは――ドビーは自由だ！」

ルシウス・マルフォイはしもべ妖精を見つめ、その場に凍りついたように立ちすくんだ。それからハリーに飛びかかった。

「小僧め、よくも私の召使いを！」

しかし、ドビーがさけんだ。

「ハリー・ポッターに手を出すな！」

バーンと大きな音がして、マルフォイ氏は後ろ向きに吹き飛び、階段を一度に三段ずつもんどり打って転げ、下の踊り場に落ちた。マルフォイ氏は怒りの形相で立ち上がり、杖（つえ）を引っ張り出した。だが、ドビーはその長い人差し指を、脅すように氏に向けていた。

「すぐ立ち去れ」

ドビーがマルフォイ氏に指を突きつけるようにして、激しい口調で言った。

「ハリー・ポッターに指一本でも触れてみろ。早く立ち去れ」

ルシウス・マルフォイは従うほかなかった。いまいましそうに二人に最後の一瞥（いちべつ）を投げ、マントを翻（ひるがえ）して身に巻きつけて急いで立ち去った。

「ハリー・ポッターがドビーを自由にしてくださった！」近くの窓から月の光が射し込み、ドビーの球（ボール）のような両眼に映った。その目でしっかりとハリーを見つめ、しもべ妖精はかん高い声で言った。

「ハリー・ポッターが、ドビーを解放してくださった！」

「ドビー、せめてこれぐらいしか、してあげられないけど」ハリーはほほえんだ。

「ただ、もう僕の命を救おうなんて、二度としないって約束してくれよ」

しもべ妖精の醜い茶色の顔が、急にぱっくりと割れたように見え、歯の目立つ大きな口がほころんだ。

「ドビー、一つだけ聞きたいことがあるんだ」

ドビーが震える両手で片方の靴下を履くのを見ながら、ハリーが言った。

「君は、『名前を呼んではいけないあの人』は今度のことにいっさい関係ないって言ったね。覚えてる？　それなら――」

「あれはヒントだったのでございます」

そんなことは明白だと言わんばかりに、ドビーは目を見開いて言った。

「ドビーはあなたにヒントを差し上げました。闇の帝王は、名前を変える前でしたら、その名前を自由に呼んでかまわなかったわけですからね。おわかりでしょう？」

「そういうことなのか……」ハリーは力なく答えた。

「じゃ、僕、行かなくちゃ。宴会があるし、友達のハーマイオニーも、もう目覚めてるはずだし……」

ドビーはハリーの胴のあたりに腕を回し、抱きしめた。

「ハリー・ポッターは、ドビーが考えていたよりずうっと偉大でした」

ドビーはすすり泣きながら言った。

「さようなら、ハリー・ポッター！」

そして、最後にもう一度バチッという大きな音を残し、ドビーは消えた。


これまで何度かホグワーツの宴会に参加したハリーにとっても、こんなのははじめてだった。全員がパジャマ姿で、お祝いは夜通し続いた。ハリーにはうれしいことだらけで、どれが一番うれしいのか、自分でもわからなかった。ハーマイオニーが「あなたが解決したのね！　やったわね！」とさけびながらハリーに駆け寄ってきたこと。ジャスティンがハッフルパフのテーブルから急いでハリーのところにやってきて、疑ってすまなかったとハリーの手をにぎり何度も何度も謝り続けたこと。ハグリッドが明け方の三時半に現れてハリーとロンの肩を強くポンとたたいたので、二人ともトライフル・カスタードの皿に顔を突っ込んでしまったこと。ハリーとロンが、それぞれ二〇〇点ずつグリフィンドールの点を増やしたので、寮対抗優勝杯を二年連続で獲得できたこと。マクゴナガル先生が立ち上がり、学校からのお祝いとして期末試験は中止にしたと全生徒に告げたこと――「えぇっ、そんな！」とハーマイオニーがさけんだ。ダンブルドアが「残念ながらロックハート先生は来学期学校にもどることはできない。学校を去り、記憶を取りもどす必要があるから」と発表したこと（かなり多くの先生が、この発表で生徒と一緒に歓声を上げた）。

「残念だ」ロンがジャム・ドーナッツに手を伸ばしながらつぶやいた。

「せっかくあいつに馴染んできたところだったのに」

夏学期の残りの日々は、焼けるような暑さの中で、朦朧としているうちに過ぎた。ホグワーツ校は正常にもどったが、いくつか小さな変化があった。「闇の魔術に対する防衛術」の授業は休講となった――ハーマイオニーは不満でブツブツ言ったが、ロンは「だけど僕たち、これに関してはずいぶん実技をやったじゃないか」と慰めた――。ルシウス・マルフォイは理事を辞めさせられた。ドラコは学校を我が物顔にのし歩くのをやめ、逆に恨みがましくすねているようだった。一方、ジニー・ウィーズリーはふたたび元気一杯になった。

あまりにも速く時が過ぎ、もうホグワーツ特急に乗って家に帰るときがきた。ハリー、ロン、ハーマイオニー、フレッド、ジョージ、ジニーは一つのコンパートメントを独占し、夏休み前の、魔法を使うことの許された最後の数時間を、みなで十分に楽しんだ。

「爆発スナップ」をしたり、フレッドとジョージが持っていた最後の「花火」に火を点けたり、互いに魔法で武器を取り上げる練習をしたりした。ハリーは武装解除術がうまくなっていた。

キングズ・クロス駅に着く直前、ハリーはあることを思い出した。

「ジニー——パーシーがなにかしてるのを君、見たよね。パーシーがだれにも言わないように口止めしたって、どんなこと？」

「あぁ、あのこと」ジニーがくすくす笑った。「あのね——パーシーにガールフレンドがいるの」

「なんだって？」

フレッドがジョージの頭に本をひと山落とした。

「レイブンクローの監督生、ペネロピー・クリアウォーターよ」ジニーが言った。

「パーシーは夏休みの間、ずっとこの人にお手紙書いてたわけ。学校のあちこちで、二人でこっそり会ってたわ。ある日、二人が空っぽの教室でキスしてるところに、たまたまあたしが入っていったの。ペネロピーが——ほら——襲われたとき、パーシーはとっても落ち込んでたでしょ。みんな、パーシーをからかったりしないわよね？」

ジニーが心配そうに聞いた。

「夢にも思わないさ」そう言いながらフレッドは、まるで誕生日が一足早くやってきたという顔をしていた。

「絶対しないよ」ジョージがニヤニヤ笑いながら言った。

ホグワーツ特急は速度を落とし、とうとう停車した。

ハリーは羽根ペンと羊皮紙の切れ端を取り出し、ロンとハーマイオニーのほうを向いて言った。

「これ、電話番号って言うんだ」

番号を二回走り書きし、その羊皮紙を二つに裂いて二人に渡しながら、ハリーがロンに説明した。

「去年の夏休みに、君のパパに電話の使い方を教えたから、パパが知ってるよ。ダーズリーのところに電話くれよ。オーケー？　あと二か月もダドリーしか話す相手がいないなんて、僕、耐えられない……」

「でも、あなたのおじさんもおばさんも、あなたのこと、誇りに思うんじゃない？」

汽車を降り、魔法のかかった柵まで人波に交じって歩きながら、ハーマイオニーが言った。

「今学期、あなたがどんなすごいことをしたかを聞いたら、きっとそう思うんじゃないの？」

「誇りに？」ハリーが言った。「正気で言ってるの？　せっかく死ぬ機会が何度もあったのに、僕が死にそこなったっていうのに？　あの連中はカンカンだよ……」

そして三人は一緒に柵を通り抜け、マグルの世界へともどっていった。

「ハリー・ポッター」の時代

金原瑞人

イギリスやヨーロッパに二百以上の店舗を持つ大型チェーン書店〈ウォーターストーン〉が、「二十世紀に出版された本のなかからベスト100を選ぶ」というアンケートを行って、二万五千以上の回答を得た。この結果が一九九七年一月二十日の〈タイムズ・オブ・ロンドン〉で紹介された。

一位から順に、『一九八四年』『動物農場』『ユリシーズ』『キャッチ22』『ザ・キャッチャー・イン・ザ・ライ』『アラバマ物語』『百年の孤独』『怒りの葡萄』『トレインスポッティング』。

二〇〇三年にBBCが行った「The Big Read」という読書アンケートは「洋の東西を問わず、時代を問わず、いちばん好きな小説は」というもので、参加者十四万人。そのベスト100が発表された。

一位から順に、『高慢と偏見』『ライラの冒険』『銀河ヒッチハイク・ガイド』『ハリー・ポッターと炎のゴブレット』『アラバマ物語』『くまのプーさん』『一九八四年』『ライオンと魔女』『ジェイン・エア』。

さて、ウォーターストーンとBBCの読書アンケートの第一位は何かというと、トールキンの『指輪物語』。もちろん、この手のアンケートの結果は回答者によりけりなので、どこでも『指輪物語』が一位となるわけではないが、一九九一年のアメリカ、ラドクリフ大学生が選んだ「二十世紀の英語小説ベスト100」でも四十位、二〇〇三年のイギリス、「オブザーバー」紙の選んだ「古今の名作ベスト100」でも六十四位に入っている。

日本人には意外かもしれないが、英語圏における『指輪』の人気は盤石なのだ。そして日本人にさらに意外なのは、百位以内に児童書、それもファンタジーがかなり入っていることだろう。

たとえば、ウォーターストーンのアンケートでは、『たのしい川べ』（十六位）、『くまのプーさん』（十七位）、『ホビットの冒険』（十九位）、『ライオンと魔女』（二十一位）と続く。

BBCのアンケートでは、『たのしい川べ』（十六位）『ハリー・ポッターと賢者の石』（二十二位）『ハリー・ポッターと秘密の部屋』（二十三位）『ハリー・ポッターとス』(三十位)と続く。

これをみても英語圏の人たちのファンタジー好きはよくわかる。ここでちょっと英米のファンタジーの流れをまとめてみよう。

まずは一八六三年、イギリスで最初の児童書といわれるチャールズ・キングズリの『水の子どもたち』が、翌年ルイス・キャロルの『不思議の国のアリス』が出版され、その後、『ピーター・パンとウェンディ』『砂の妖精』『たのしい川べ』『くまのプーさん』『メアリー・ポピンズ』などが出版されていく。

この流れをさらに大きくしたのが戦後のC・S・ルイスの「ナルニア国物語」とトールキンの『指輪物語』。このふたつのシリーズは、現実の世界とまったく異なる世界を創造して、そこで物語を展開させるという、それまでにないスタイルを確立した。いわゆる、ハイファンタジーだ。とくに『指輪物語』は六〇年代のアメリカで若者の圧倒的な支持を得て大ブームとなる。これによって、ファンタジーが文学的な市民権を獲得し、アメリカでもアーシュラ・K・ル=グウィンやピーター・ビーグルなど多くの作家が独自の世界を構築していく。しかしこのブームは七〇年代に入ると下火になり、八〇年代以降ほとんどめぼしい作品が出なくなる。

そして一九九七年、『ハリー・ポッターと賢者の石』が登場して、世界的な事件となる。翌年、『ハリー・ポッターと秘密の部屋』が出版され、第一巻の読者の期待通り、というか、期待を上回る面白さがさらに評判を呼んで、それが最終巻まで続く。このシリーズによってファンタジーは空前のブームとなり、これに刺激されて世界中で様々な作品が出るようになる。

以上、簡単にまとめると、『水の子どもたち』や『不思議の国のアリス』などから第二次世界大戦までが第一期、ハイファンタジーが誕生して世界的なブームになって低迷するまでが第二期、そして「ハリー・ポッター」以降、現在までが第三期。

それにしても「ハリー・ポッター」シリーズは、魅力も人気も売れ行きも桁外れだ。コリン・ソルターの『世界で読み継がれる子どもの本100』によると、全世界での発行部数は五億部以上、第一巻はすでに一億二千部を超えている。

さて、英語圏での読書アンケートでファンタジーといえばまず最初に名前があがってきた『指輪物語』に「ハリー・ポッター」が取って代わるのはもう時間の問題かもしれない。

（翻訳家・児童文学研究家）

本書は
単行本二〇〇〇年九月　静山社刊
携帯版二〇〇四年十月　静山社刊
を二分冊にした2です。

装画　おとないちあき
装丁　坂川事務所

ハリー・ポッター文庫④
ハリー・ポッターと秘密の部屋〈新装版〉2 − 2
2022年5月10日　第1刷

作者　J.K.ローリング
訳者　松岡佑子

発行者　松岡佑子
発行所　株式会社静山社
〒102-0073　東京都千代田区九段北1-15-15
TEL 03(5210)7221
印刷・製本　中央精版印刷株式会社

ISBN 978-4-86389-683-3　printed in Japan